ヒラ役人やって1500年、
魔王の力で
大臣にされちゃいました
A Deal with the Devil,
Her Dark Ministry,
Bumped-Up Beelzebub
Morita Kisetsu
森田季節
illust. 紅緒

自分が〝お姉様〟なのだという
意識を持つことが大切なんです！

もう休みなさい、
ペコラ

お姉様の
言うとおりにします…♥

こうやって休息もとらんといかんのう♪
〜〜
すね〜〜〜

あ〜〜〜〜
いいお湯で

# Contents

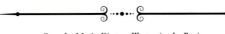




Story by Morita Kisetsu　Illustration by Benio


A Deal with the Devil, Her Dark Ministry, Bumped-Up Beelzebub

# ヒラ役人やって1500年、魔王の力で大臣にされちゃいました

Morita Kisetsu

森田季節

illust. 紅緒

## ベルゼブブ

主人公。魔族の国のヒラ役人。
気楽な窓際生活を愛する地味系女子……だったが、
魔王様に目をつけられて大変な事に。

## ペコラ（プロヴァト・ペコラ・アリエース）

魔族の国の王（になったばかり）。
その権力や影響力を使って周りの配下を振り回すのが
大好きな、小悪魔的気質を備えた女の子。

## ヴァーニア

リヴァイアサンの双子の妹。
大臣となったばかりのベルゼブブに
秘書官（兼目付役）として付けられた女の子。ドジっ子。

上司！　魔族たる者、戦わねば
ならない時があるんです

ベルゼブブ様、あなたが
農相で本当によかったです

## ファートラ

リヴァイアサンの双子の姉。
大臣となったばかりのベルゼブブに
秘書官（兼目付役）として付けられた女の子。しっかり者。

## プロローグ

# ヒラから大臣にされてしまったのじゃ

A Deal with the Devil, Her Dark Ministry, Bumped-Up
**Beelzebub**

私の名前はベルゼブブ。

名前は偉そうだけど、正直、名前負けしている。

過去にベルゼブブという名前の偉大な魔族がいて、平凡な魔族出身の私もそんな立派な魔族になるようにと、この名前をつけられたというわけだ。

千五百年前から魔族の国家の役人として地味《じみ》に、地味に、地味に働いている。

就《つ》いた部署は農務省の下部組織である農業政策機構。

簡単に言うと、国の農政面での計画を作ったり、データを出したりするところだ。

そこで私は千五百年間、係員——つまり一番下《した》っ端《ぱ》であるヒラの役人をしていた。

千五百年も同じ部署というと、とてつもなく成績が悪いとか、勤務態度が悪いとか思われそうだが、そういうことはない。

むしろ、意図的にとどまっていた。

さすがにちょくちょく主任にでもなったほうがいいんじゃないかと、人事課から打診されたが——すべて断った。自分にそんな能力はありませんからと。

今の役人のルールだと、昇進を本人が断ればその地位に残ることは可能なのだ。

公務員だから、クビになることもまずありえない！

責任が伴《ともな》わないヒラでだらだらと生きる！

それが私の処世術であり人生哲学だ。……あっ、こういう表現を使うと、本物の哲学者が「哲学を舐《な》めるな」とか言うのかな。

でも、いいか。こんな身分が低い奴《やつ》の言葉で炎上することもないだろう。

世の中には華《はな》やかな生活が似合う奴とそうじゃない奴がいる。

私は後者なのだ。

役人として上昇志向を持って上を目指《めざ》す気もないし、大恋愛をする気もない。

面倒《めんどう》くさがりすぎて家庭を築《きず》いていける自信もない。

なので、ひたすら一番下の役職である係員――通称「ヒラ」を続けていた。

それに私は人の前に立つ器《うつわ》じゃない。

もちろん、人の上に立つ器でもない。

そんなことは私が一番よく知っている。

平均よりもちょっとダサめの服。

伸びてきた髪は邪魔《じゃま》にならないようにという理由だけで縛っている。

それと視力は悪くないのに、さらにモブっぽさを出すメガネまでかけていた。

部署に一人はいる、職場の仲間の話題にすらのぼらない、いてもいなくても関係ない奴のポジション。無論、男の職員の恋愛対象にも入ってないだろう。

誰《だれ》にも気づかれないぐらい日陰《ひかげ》で生きるということを私は千五百年守り通してきた。

これが私の自己防衛作戦だ。

植物の中にだって、わざと日陰を勢力圏にしている種類があるだろう。私はそういうタイプだった。

唯一《ゆいいつ》誤算だったのは、地味であるがゆえにほかの職員からカジュアルにヘルプを頼まれてしまうということだが……しょうがないので我慢《がまん》している。たしかに私はヘルプを頼む相手として最適なのだ。

たとえば、お高く止まっているお局様《つぼね》に、下の女子職員はとても手伝いなど頼めない。

未婚で美人の女子職員には、男の職員は何かを頼む時に少しためらうことがある。すぐに、気があるなと誰《だれ》かが邪推《じゃすい》しかねないからだ。

その点、私は部署内での政治とも無縁だし、出世争いの外側にいる。

しかも、いわゆる女を捨ててる系の、ファッションセンスもゼロな風貌《ふうぼう》である。

地味の中の地味！

男女ともに中性的な存在として気兼ねなく話しかけてくる。

結果、私は何か困ったことがあれば、とりあえず頼ればいいやというお助けキャラポジションになってしまったというわけだ……。

右に書類の保管場所がわからないという職員いれば、ついていって教えてやり、左に上司に提出する書類の様式が特殊なものでわからないという職員いれば、千五百年のキャリアを使って手伝ってやった。

お礼はお菓子《かし》一つおごってやればすむ。

もっと大きめの仕事でも、居酒屋で一回おごるぐらいですむ。

まあ、いいけどね。身分が上がって、責任が増えるのと比べれば、全然ＯＫだし。部署での好感度自体は、その分、かなり高い気がするし。

私はこの日陰を守る。

魔族の土地はそんなに日差しも強くないけど、日陰はさらに暮らしやすいのだ。

◇

私のこの雑《ざつ》な生き方は、一人暮らしの部屋ではもっと徹底している。

アパートに帰ったらすぐにゆるゆるのパジャマに着替える！

そして、床に寝っ転がる！

ちなみに靴は汚いので脱いでおく。土足禁止がこの部屋のルールだ。

テーブルには飲んだお酒のビンとコップ、それにお酒のつまみのナッツ。

部屋の隅には積んでいる本が雪崩《なだれ》を起こしているが、とくに積み直しはしない。崩れているなら、それ以上崩れることもないのだ。

同性の友達すら来たら引くだろう。

実際、私もここに呼ぶ勇気はない。家族すら呼びたくない。

けど、これぐらいのなまぬるい生活が私には合っている。

代わり映《ば》えのしない日々をだらだら～っと生きるのが性《しょう》に合っている。

間違ってなどない。

こうやって、長い人生を気楽に過ごすこと――それが私の中の合格点であり、達成点であり、私の勝利条件だ。

「は～、安いお酒には安いおつまみが合うな～♪」

誰に小言を言われるでもなく、家飲みで酔っぱらうのもまたオツなものだ。


休日の朝、私はボロいアパートに差し込んできた光で目を覚ました。

記憶にないが、いつのまにかベッドに入って、ちゃんとベッドでは寝たらしい。そこは自分を褒《ほ》めてやろう。深夜まで飲んでたはずなのに、しっかり朝方に起きてるし。

だが――

「昨日も人の手伝いで微妙に残業になっちゃったし、もうちょっと寝ようか……」

その日も昼前まで二度寝して、ぼさぼさの頭でやっと本格的に目を覚ました。

「昼はどうしようかな。ひとまず朝昼兼用で、辛《から》い地獄パスタを出してる店でも行くか」

あの店、ランチタイムは大盛りも香草《こうそう》増しも無料だったんだよな。

「それから、本屋さんでも物色して、夜は雨になりそうだし、早めに帰って、夕飯は昨日作り置きしてる地獄の鍋《なべ》とパンでいっか……。辛いものを食べてればとりあえずよい」

z z z

小さな幸せを噛み締めて一人で生きていくのも悪くはない、私はそう思っている。

時折、幸せが小さすぎるという気もするが、無理をしてデカい夢を抱くと疲れる。

私は地方の青果店《せいかてん》の娘として生まれ、なんとなく店の手伝いをし続け、長命の魔族としてもそれなりにいい歳になってから試験を受けて役人になった。

その時点で出世街道とは無縁だった。

実際、出世しまくるぞ、偉くなるぞという意識も欠けていた。

偉くならなくても、生きていくうえでは問題ないからいいのだ。

あくびをしながら、ヴァンゼルドの城下町をぶらつく。

様々な姿や形をした魔族が街を歩いている。

角《つの》が長いのもいれば、尻尾《しっぽ》が生えているのも、イモムシみたいなのまで這《は》っている。

覇気《はき》のない自分にはこの都市の空気は少々にぎやかすぎるが、もう慣れた。それに、いいかげんに生きることも都会は受け入れてくれる。

とはいえ、今日の街はいつも以上に浮き足立っている気がした。

そのへんは、長らく都市で暮らしてきたからわかるのだ。空気を察知する魔法などないはずなのだが、わかってしまうとしか言いようがない。

市場が並んでる通りを歩いていた時、こんな張り紙が目についた。

『新魔王様即位式は〇月×日』

ああ、そっか。ついに魔王様が交代するんだった。

街の浮ついてる空気の正体はこれか。

人間との戦争が休戦になり、それの後始末もだいたい終わったということで、娘に魔王を継がせるらしい。

娘はプロヴァト・ペコラ・アリエースという名前だったか。

若くて改革志向の人らしいという話だ。そのせいか、好き勝手に役人の配置もいじられるんじゃないか――そんな危惧《きぐ》が部署のお偉いさんたちの間でも出ていた。

新しく魔王が即位した時は、フレッシュさを出すために官僚機構にもメスを入れることが多かったし。

その危機感もわからないでもない。農業政策部門のトップである農相もおおかた変更になるだろう。

――だが、しかし。

ヒラの私には一切関係ない！　ただ、ただ、無風！

これからも地味にやっていくだけ。

ヒラには権力争いもない。そもそも権力がないからだ。

私はなじみの店でパスタの大盛り&香草増しをがつがつ食べた。

この程度の幸せがちょうどいいのだ。ささやかなぐらいでいいのだ。

そのあとに寄った本屋さんの前では、カップルが手をつないで歩いていた。

やけにラブラブしているから半年後には別れるな。

今から傷が深くならないように注意しているほうがいいぞ。

ささやかじゃない幸せを失うと、こたえるぞ。

私はため息をつきながら、そんな忠告を胸にしまった。

世の中にはああいう輝いてる人生もあるんだな。

光を浴びせてくれるのはたった一人のお相手だけかもしれないが、それでも光は光だ。それだって私にはまぶしすぎる。まして、大人数に注目を浴びるような立場は想像もできない。

自分が魔王になるような地位にいなくて本当によかった。

◇

城下町の浮き足立った空気は職場にまでやってきた。

なにせ、省内の幹部クラスが大幅に変わるかもしれないのだ。真偽不明の噂話も休憩時間に聞こえてくる。誰それが左遷《させん》されるとか、誰それが栄転するとかいったやつだ。

それでも、ヒラらしく私の仕事は何も変わらず、まったくのいつもどおりだった。

そして、新魔王の即位式がやってきた。

私たち役人も全員参加で壇上に立つ新魔王を讃《たた》えるのだ。

偉い立場の人が司会役として新魔王の入場をものものしく告げた。

ゆっくりとした足取りで新魔王が入ってくる。

やはり若い。想像よりもさらに若い。

新魔王は羊系《ひつじけい》の角が頭の両側から生えている。

式典用の黒のドレスを着ていた。

育ちのいい雰囲気は伝わってくるが、いかにも小娘といった風貌で、「あんなので大丈夫か」なんて声も聞こえてきた。

たしかに魔王となると、いくら人間と交戦中ではないとはいえ、もっと百戦錬磨《ひゃくせんれんま》の存在でないと難しいのではないかという意見もわかる。

新魔王は演説用の舞台中央に立った。

「新魔王のプロヴァト・ペコラ・アリエースです。皆さんと一緒に魔族の国家をよりよいものに変えていければと思います」

何の変哲もない、テンプレな所信表明演説だ。

とはいえ、テンプレなことができるなら、現状維持程度のこともできるだろう。

大多数の役人にとってみたら、それこそ一番望むべきもの——

その時。

ふっと、その新魔王と目が合った気がした。

ちょうど、農務省の、後ろも後ろの私を見ていたような……。

いやいや、気のせいだろう。ヒラ役人の私を新魔王が見るわけがない。

新魔王が遠くに視線をやった時に偶然合ってしまっただけだ。

所信表明は短く終わった。

でも、行事はまだ続く。むしろ、ここからが大事だと思ってる役人のほうが多い。

「それでは、続いて新しい閣僚《かくりょう》人事を発表いたしますね～」

そう、人事。給料の次ぐらいに役人が興味を持つやつだ。

「これまでにない若さあふれる人事になっていると思います」

魔王のその言葉がそもそもありふれている。

言葉の上では「旧弊《きゅうへい》を打破し～」とか言って、どっかの派閥《はばつ》の有力者を抜擢《ばってき》するわけだ。

関心があるとすれば前魔王を支えた派閥と同じところから大臣が出るか、違う派閥からあえて大臣を出すかぐらいの差だ。

ルール上は、身分が低い者でも叩《たた》き上げで上位の地位に就くこともできる。魔王にはその権限も与えられている。お気に入りを片《かた》っ端《ぱし》から大臣にすることも可能だ。

が、それはあくまでも建前《たてまえ》だ。

上のほうの身分は昔からの特権階級で占められている。

とくに大臣なんかは貴族の爵位《しゃくい》を持っている者しかなれないことになっている。

「まず、外相はナスタスさん、続いて内相はヴェルツさん、経済相はベクトールさん――」

順番に名前が読み上げられる。

どうやらその発表は関係者にも事前に全然知らされてなかったらしく、自分の名前を呼ばれてつい つい ガッツポーズしている魔族もいた。

みんな、いかにも強そうだ。

人間との戦争が続いていたらボスとして塔にでも配置されていただろう。

まず、最初の数人の大臣をどうして選んだのか、その理由を新魔王が簡単に説明する。

私はそれを聞き流しながら、誰それがどこの派閥の奴だなといったことを考えていた。

かなりいろんな派閥から大臣を任命しているな。

よく言えばバランスがいい。

悪く言えばそれだけ新魔王の権力基盤が弱いということだろうか。

「続いて労働相にシャノワさん、医療相にミクスさん」

ヒラ役人の中には興味がないのか、ついついあくびをしている者もいた。直接は何も関係ないことだもんな。職務中ではあるから、私は一応我慢す――


「――農相にベルゼブブさん」


最初、何を言われたかよくわからなかった。

というか、他人事《ひとごと》のように聞き逃していたといったほうが正しい。

ベルゼブブというのは過去の偉大な魔族の名前で、つまり同名の役人がいてもおかしくもないのだ。農務省に同じ名前の偉い人がいたんだろう。

しかし前に立っていた同僚たちが私のほうを振り返ってくる。

信じられないという顔をみんながしていた。

「え、こんなことありうるの？」「先輩、何階級昇進になるんですか？」

みんな、私が農相になったと思っているらしい……。

「待って、待って！　何かの間違いでしょ！　万年ヒラの私が大臣になるわけがない！」

確信を持って、そう言った。

そんな非常識な人事はありえない！

魔王の新しい農相についての説明で、すぐに別人だと判明するはず！　せいぜい一分ぐらいの辛抱だ。

「ベルゼブブさんは、千五百年の間、農業政策機構で堅実に働いてこられました。さらに多くの同僚たちに手を貸し、その人望も大変なものです。過去の目安箱でも『ベルゼブブさんをぜひ重職に！』というご意見がいくつも入っていました。そのくせ、本人は決して威張ることもなく、縁の下の力持ちというような業務をずっとこなされてきました。こういう叩き上げの方こそ、人の上に立つべき時代が来ている、わたくしはそう考えています」

間違いなく、私だ……。

ぺらぺらと新魔王はとんでもないことをしゃべっている。

若い魔王だから、センセーショナルな人事で意表を突こうとでも思ってるんだろう。

どうせ、私はどこの派閥にも属してない。私が失脚しようとどうなろうと、組織としての被害はほぼ皆無に近い。

けど、こっちはたまったものじゃない！　叩き上げにもほどがある！

だいたい、大臣なんて立場になったら、膨大《ぼうだい》な量の仕事が待っている。

それに、プライベートの時間でも、雑誌社の記者にあとをつけられたりして、うかつなこともできない。

とてもじゃないが、今のような気楽な生活を続けることはできない。

私のつつましやかな幸せが粉々《こなごな》になってしまう……。

このままでは埒《らち》が明かない。

私は列の横に飛び出た。

「ベルゼブブです！　魔王様、今回の人事には無理があるかと思います！」

魔王に対して無礼に当たる行為ではあるが、状況が状況なので、止めに来る者はいなかった。

それに新魔王は楽しそうに私のほうを壇上から見下ろしていた。

これは、ここに出てくることすら予想していたという表情だ。

つまり、さっき新魔王と目が合った気がしたのは、思い込みじゃなかったのだ。

「その様子だと不服があるようですね」

新魔王は身分など関係なしに私に話しかけてくる。

そのフランクなところは評価してもいい。

けど、そんなことより自分の進退のほうが大切だ！

「あるに決まっていますよ！　大臣というのはもっと元から偉い人が就くポストです！　序列四番目や五番目ぐらいから大臣になったというケースはあっても、私みたいなヒラが就任するだなんて前例がありません！」

だてに千五百年、働いてはいない。

これが前代未聞だということはわかる。

「なるほど。あなたがおっしゃることはもっともですね。それではその疑問点にお答えいたしましょうか」

新魔王の声は拡声の魔法を使っているわけでもないはずなのに、やけによく響く。

「あなたは勤続千五百年ほどになりますかね？」

「はい、もともとは実家の青果店を手伝っていたので、役人の試験を受けて合格したのは千歳を過ぎた頃でした。そこから千五百年、今の職場で働いています」

どこかから「千五百年でヒラ？」『左遷されたのか？』なんて声が聞こえてくる。

なんで、こんな衆人環視《しゅうじんかんし》の場で、身の上話をしているのだろう……。

だけど、不祥事《ふしょうじ》っぽくなるなら、余計に昇進させるべきじゃないという空気になるから私としては都合がいい
「ベルゼブブさんは千五百年、今の国立農業政策機構で働いてこられましたね。となると、ずっと

身分上、ヒラの係員ということはありえないはずですが。降格されるようなことをしまくったという記録もありません」

「それは、私の能力には余るので、昇進をずっと断ってきたせいです」

上から降ってきた仕事を雑にこなす、それが私の仕事だ。

いつまでも人に使われる立場になってしまうが、責任を背負わなくてすむ。

私の働き方が裏技的なのは事実だ。

もし、私が人間だったら、こういうことは難しかったかもしれないが（どう見ても高齢のヒラとか使いづらいだろう）、超長命の魔族なら容姿的にはずっと若いのでヒラの違和感は割と小さいのだ。

「はい、それでわたくしのほうで千五百年、もしもあなたの成績で昇進し続けていったらどうなるかという計算をしてみたのです。これをご覧ください」

事前に用意していたのか、新魔王の横に巨大な図面みたいなものが垂れてくる。

長など
どなど

**ベルゼブブさんが**
**昇進していたとしたら、**
**どこまで地位が**
**上昇したかの予想図**

係員
↓
主任
↓
係長
↓
課長補佐
↓
課長
↓
部長
↓
農業政策局長など
↓
事務次官などなど
↓
**大臣**

ゴール!

「ベルゼブブさんの勤務成績と勤務年数、およびこれまでの上長と同僚の評判を総合した結果、大臣になっても問題ないというほどの成果を蓄積されていらっしゃいました。おめでとうございます!」

「な、な、な……」

夢だと信じたくて、左腕《ひだりうで》をそうっとつねった。

痛い。

周囲から「なるほど。ヒラの状態を長期間維持して超活躍することで評判を高めまくって、大ジャンプするって作戦もあるのか」「スライムを倒し続けて最強を目指すような方法ね」なんて声がする。

いやいやいや、なんで納得しているんだ……？

新魔王は右手を右頬《みぎほお》に当てて、わざとらしくため息をついた。

「いや～、わたくしも本当はもっと普通の人事を考えていたんですが、事務次官も、それに類するポストの方も不正が発覚したり、お金の着服が発覚したりして、軒並み辞めていただくことになりましてね～。誰を農相にするべきか難航を極めたんですよね～」

また、私のほうをくすっと笑いながら新魔王は見つめた。

ああ、この人、イタズラ好きだ……。

やはり、私というヒラを使った壮大な実験なのだ……。

勘弁してくれ！　実験台になんてなりたくない！

「それだったらヒラにずっととどまって、そこでとてつもなく評判のよい方を使うのもワンチャンありかなと思ったんですよ。意外と上手《うま》くいくかもしれないじゃないですか。何事もやってみないとわからないですし」

それを聞いていた役人たちからも「あ～、なるほど」「逆転の発想だ」などという声が上がる。

だから、どうして納得できる⁉

やる前から、大失敗ってほぼわかるだろ！

落ち着け、落ち着け。ここで熱くなったら新魔王の思うつぼだ。

私だって役人なのだからルールの中で冷静沈着に拒否するべきだ。

「新魔王様、このたびは私なんてヒラをご推挙《すいきょ》いただき、身に余る光栄です」

私はここで丁寧《ていねい》に頭を下げる。

興奮して広げてしまっていた翼《つばさ》も失礼なので一度折りたたむ。

「いえいえ。実績のある方を任用するのはごく当たり前のことですよ」

「しかし、私はしがない地方の青果店出身の娘です。何が言いたいかというと、貴族の地位も何も持っていません。大臣は貴族の地位を有する者が就くのが長年の慣例です。身に余りすぎてそもそもお受けできません。大変残念ですが」

いくら官僚制機構がこの二千年ほどの間に急速に発展したとはいえ、今でも魔族の中で身分制の要素は色濃く残っている。

一昔前なら、部下を率いて人間たちと大きな戦いを行っていた大臣クラスの魔族には、それ相応《そうおう》の身分が求められているのだ。

「なるほど。それは困りましたね～」

「はい、ですからほかの方に農相の地位は――」

「それじゃ、元貴族の邸宅で空いているものを差し上げます。ついでに今、爵位を与えます。ベルゼブブ卿《きょう》とでも名乗ってください。はい、解決ですね」

「…………え？」

いくらなんでも軽いノリで決めすぎでは……。

と、新魔王は壇上から降りて、あろうことか私のほうに歩いてきた。

自然とその両側の役人たちが道を開《あ》ける。

私も畏《おそ》れ多《おお》くて、その場に跪《ひざまず》く。

「ベルゼブブさん、無茶振りに見えたかもしれませんが、普通に一つ一つポストを上昇させていれば、千五百年頑張《がんば》ってたあなたは本当に大臣に類するところにいた人材ですよ。人事課がつけたあなたの点数、不気味なぐらいの高得点なんです。実際、違う部署から引き抜きたいという要望もたくさん入っていましたが、農業政策機構が止めていました」

「そ、それは係員の仕事が楽だから、やたらとできるように見えただけでしょう……」

「ベルゼブブさん、顔を上げてください」

こう命令されてしまっては従うしかない。

新魔王は、まさしく魔王の風格でそこに微笑《ほほえ》んで立っていた。

そして、ぽんと私の肩に手を置いた。

「人間との戦争は前の代の魔王で解決しました。ですが、問題は山積しています。まして、農業部門はとくに問題だらけです。ここは一切のしがらみのない新しい力が必要なのです。この魔王プロヴァト・ペコラ・アリエースからのお願いです」

私のほうに丁寧に頭を下げる新魔王。

もはや、断る道は完全に消えた。

ここで突っぱねたら、新魔王の顔をつぶすことになる。

気楽なヒラを続けるどころか、ヴァンゼルド城下で暮らすことすら不可能だ。

「つ、つ、謹《つつし》んで拝命いたします……」

その瞬間、私、ベルゼブブはヒラの役人から突如として農相になったのだった。

◇

市場から近いことだけがとりえのボロアパートに別れを告げることになった。

突然のさよならだ。

引っ越し先はヴァンゼルド城の堀の外側に建っている三階建ての堅牢《けんろう》な建物だ。

どことなく、銀行の本店みたいな雰囲気がある。

屋敷の前の庭だけでもスポーツができるぐらいには広い。

裏側には大きな池を含んだ庭があって、たまにロック鳥まで水を飲みに来たりする姿が見られたりするという。さらに先は樹海と言っていい森が広がっている。

建物の前に立った時、私は呆然《ぼうぜん》としてしまった。

「これ、明日、クーデターが起こって、早速殺されたりしないかな……？」

広くて多すぎる部屋を私は一つ一つ観察した。

部屋一つだけで、すでに私の旧居より広いところすらあった。ダンスホールまであった。

将来的にはお手伝いさんみたいな存在も雇《やと》うしかないのだろうか。

でないと毎日有休を取って、掃除しないと追いつかないぞ。

あるいは必要最低限の部屋を使って、そこだけで生活するかのどっちかだな……。

そして、白亜《はくあ》の浴槽《よくそう》の前の脱衣所にある、大きな鏡が目に入った時のことだった。

私は恐怖した。

といっても、鏡に魔族もびっくりするようなモンスターが映っていたとかじゃない。

映っていたのはよく見知った顔だった。

そこにはいかにもうだつの上がらない、出世しなそうな、金もなさそうな、いろいろ捨ててしまってそうな、ぱっとしない女が立っていた。

つまり、私の顔が鏡に映っていた。

そう、ヒラの社員の時は目立ってもしょうがないし、それでいいと思っていた。

分相応《ぶんそうおう》でむしろ余計な敵を作らないだけマシと解釈していた。

しかし、いまや私は大臣で貴族だ。

大臣で貴族な奴がこんな地味キャラではまずい。大臣の秘書官ですらもっと華がある。

仮に新魔王が私を認めていても、ほかのちゃんとした家柄の大臣たちはこんな私を鼻で笑うだろう。その下のスタッフたちも絶対に笑うだろう……。
二、三日ならともかく……これから始終笑われるのはムカつく。
私が地味キャラを徹底していたのは平和に過ごすための策であって、バカにされるためではなかったのだから。

私はある決心をした。

「キャラを変えよう」

私は金貨と銀貨を袋に入れるだけ入れて、大通りに出た。

女性用服飾店で気になったものを片っ端から買うと、屋敷に戻った。

それで、屋敷の鏡の前で一枚、一枚入念に試した。

こんな時、友達がいればよかったのだが、友達がいない。マジでいない。

実際、ヒラを千五百年やってると、同期の人間は偉くなってるし、話が合う子も職場にいない。

自業自得だ。

メガネもキャラに合わないからはずす。視力はもともと悪くないので問題ない。

服はだいたい決まった。

少しばかり露出が多いが、大臣といえばボス的存在なので、女幹部としてはこんなものでもいいだろう。

次はしゃべり方だな。ヒラ役人のままではまずい。

それっぽいしゃべり方をマスターしなければ。

身分によって言葉づかいというものは明確に変わるものだ。

大臣らしい言葉というものを覚えていく必要がある。

そんな謎の特訓を私は行った。

夜が来て、朝日がのぼるまでやって――

私はついに一つの型を確立した。

◇

「はっはっは！　わらわの名はベルゼブブじゃ！　あの偉大なハエの王とはわらわのことじゃ！　貴様らには今から農業がどういうものか嫌というほどわからせてやるから、覚悟しておくようになっ！」

——と私は鏡に向かってポーズをとって演じていた。

いや、わらわは鏡にポーズをとって演じておったのじゃ。

「わらわは魔族の貴族にして、農相を務めるベルゼブブじゃ。お前たちはせいぜいわらわの下で成果を出せばよい。ああ、こういうしゃべり方じゃが、部下を圧迫するようなことはしないように注意するのでなにとぞよろしくお願いします……。あっ、また口調が戻ってる……」

私はずっとイメチェンの練習をしていた。

十人中十人がふざけてると認識するだろうが——

私は決してふざけてはいない！　大真面目《おおまじめ》だ！

これぐらいの劇的な変化がなければ、今後の仕事を果たせる自信はない……。

それと、私が偉大なハエの王ベルゼブブと同一人物なわけでもない。

ハエになる魔法ぐらいは使えるし、実家が青果店だったのでたまに売り物にならない傷みかけの果物《くだもの》とか食べてたが。むしろ、腐《くさ》る直前とかちょっと腐ったぐらいのほうがおいしかったりするのだ。

ああ、ダメダメ……いかん、いかんのじゃ。心の中の言葉も新しいキャラに合わせなければ。

私は鏡の自分を見つめる。

両肩が出ている服、髪は強そうな感じを出すためにストレートで。

あとは自信のある表情を出して、胸を張る。

「わらわが農相ベルゼブブじゃ。わらわが農相ベルゼブブじゃ。わらわが農相ベルゼブブじゃ。今日からこのキャラでいくからの。過去の目立たないわらわは捨てたのじゃ」

そして、わらわは新生ベルゼブブとして農業政策機構に初出勤したのじゃ。

農相デビューなのじゃ！


「おはようなのじゃ。おぬしら、元気にやっとるかのう⁉」

同僚たちがぽかんとしておるのじゃ。

わらわの高貴さを知って、びっくりしたかのう。

実は根っからの貴族じゃったかと思うておるのかのう。

恐る恐る、同僚じゃったヒラの女が手を挙げたのじゃ。

そして、こう言った。

「ベルゼブブさん、農相なので、出勤場所はここじゃないと思いますよ……？」

「…………つい、いつもの癖《くせ》でミスったのじゃ」

わらわは赤面しながら、その部屋から出ていった、のじゃ。

「な、慣れぬことはするべきではないのう……」

内面までこの口調のキャラを演じるのはやめよう……。

ヒラ役人やって1500年、魔王の力で大臣にされちゃいました
She works as a public employee for 1500 years
ベルゼブブ！
農相じゃ！

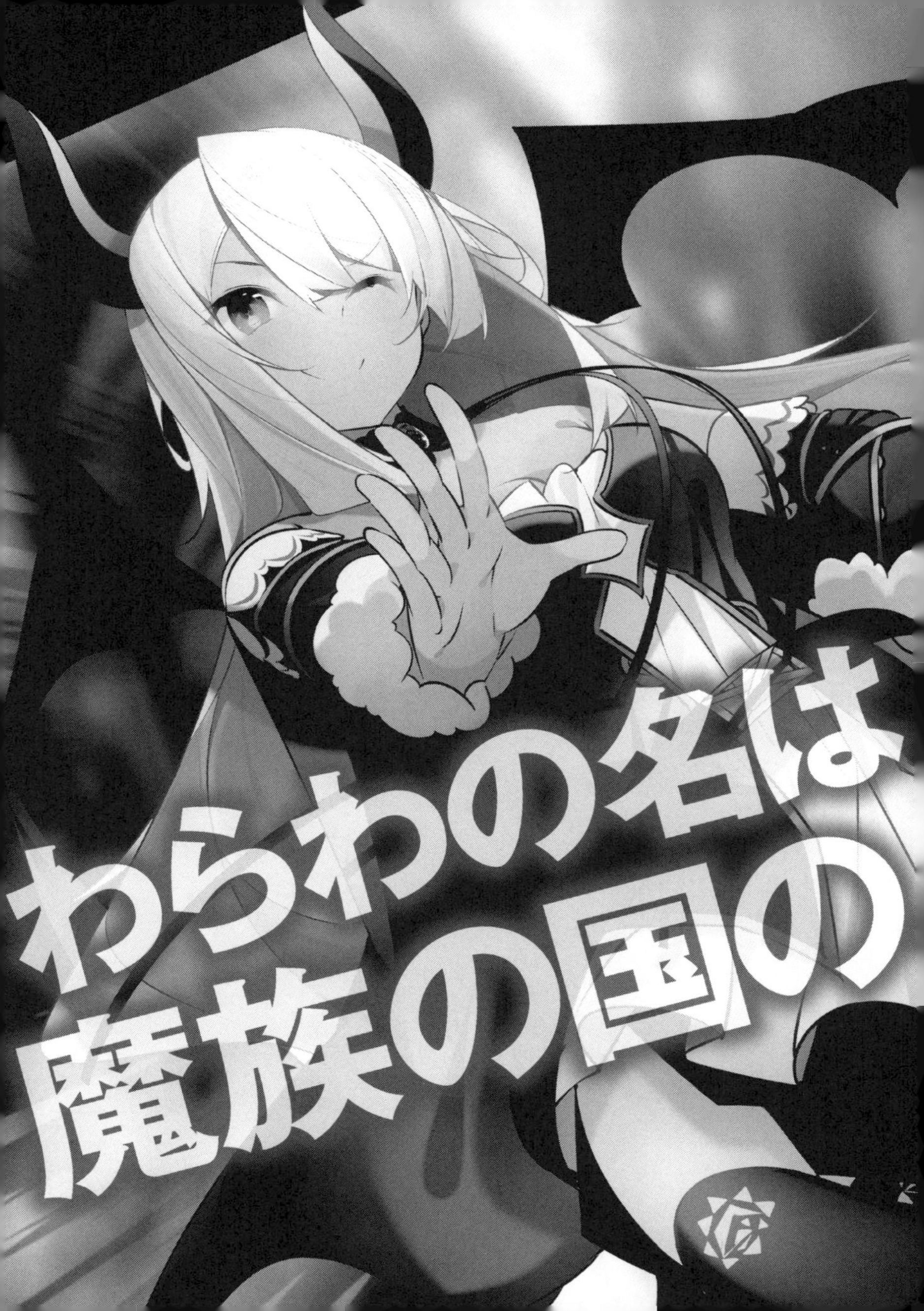
わらわの名は
魔族の国の

部下とのコミュニケーションは大変なのじゃ

A Deal with the Devil, Her Dark Ministry, Bumped-Up Beelzebub

――農務省。


でかでかと、そう書かれた看板がかかっている。

そんな建物の前にわらわは立っている。

「ここがわらわの勤務場所か……」

その建物を見上げて、尻込《しりご》みした。

「ついに本省勤務、しかもトップの大臣になってしまったのじゃ……」

本省勤務は関係組織よりはるかにハードだと言われていたし、わらわは一貫して本省ではなく農業政策機構のほうで働き続けるつもりだった。

それがわらわの勝ちパターンだったのに……。

「もう後戻りはできん……。二日や三日で辞めるわけにもいかんし、農相《のうしょう》の仕事をするしかないわい……」

わらわの横を官僚らしき者たちが働きアリのごとく、忙しそうに出入りしていた。

新魔王の代になったし、それに関する書類作成も多いのかもしれない。

しばらく、その様子をわらわは見ていた。

以前のメガネをかけてた地味《じみ》キャラからいかにも幹部の魔族という感じでイメチェンしたし、そのうえ、ほぼ知り合いもいないから農相と気づかれるわけもない。そこは気楽だった。

しかし、その分、正面から入ると、「こいつ、誰《だれ》だ?」って視線を浴びそうでもある……。

「……裏口から入るのじゃ」


わらわはあまり使われてない階段のほうから上のフロアに上がった。

本省にはエレベーターという便利な乗り物もあるのだが、誰かと鉢合わせになる確率が高いので、階段を使う。

最上階に広い大臣室があった。

よし、ここまではそうっとやってこれたぞ。

そして、こそこそと大臣室の扉を開《あ》けると――

ずら～っと官僚たちが並んでいた。

もう、集まってたか! こんなことなら早朝から来るべきだった!

魔族らしくいろんな種類の角《つの》がある。中にはミノタウロスもサイクロプスもいた。

わらわが来たのに気づいたのか、連中が一斉にこちらを向いた。

心臓に悪い。なんで、あんなヒラが大臣になったんだ、どうせ何もできない無能だろとか思われている気がする……。

――と、独特な角の生えている女が一歩前に出てきた。

「失礼いたします。お見かけしない顔ですが、農相のベルゼブブ様でしょうか？」

「そ、そうじゃ……。間違いなくベルゼブブじゃぞ……」

「それでは早速着任のごあいさつをお願いいたします。あっ、申し遅れました。私は農務省で秘書官を務めますリヴァイアサンのファートラと申します」

にこりともせず、そのファートラという女は言った。

リヴァイアサンというと、相当な上級魔族ではないか。

今は人に近い格好だが、元の姿は数百人が乗り込める空中戦艦みたいなものだという。

いわゆるキャリア組か……。

絶対に「こんなザコが大臣とか、笑えない冗談だ」とか思われてるぞ……。

胃がきりきりと痛くなった。

今、何を食べても栄養として体にいきそうにない。

「ちゃ、着任のあいさつですね。はい、わかりました。迷惑にならないようにすぐに終わらせ……すぐに終わらせるからそこで立って待っておれ」

実際に偉くて強い官僚の前で、尊大《そんだい》なキャラを演じるのはかなり難しい。

しかし、ファーストコンタクトで舐《な》められたら、いよいよまずい。

わらわは官僚の前に立った。

そこまで歩いていくだけでも、猛毒の沼の中を歩いたぐらいに精神力を消耗した。

「ええと……本日から農相となったベルゼブブじゃ……。謙遜《けんそん》でもなんでもなく、無力な身で、たいしたことはできぬが、皆さんの力があればどうにか乗り切ることができると……信じておるので……」


こんな調子でいいのか？

自分から無力だとか言うと、やはり舐められるのではないか？

早く辞めるように仕向けられたりするのではないか？

今、誰かが鼻で笑った気がする。

被害妄想かもしれないが、そんな気がする！

ここは、大風呂敷《おおぶろしき》を広げるしかない！

私は……否《いな》、わらわは、翼《つばさ》をばっさと開いた。

「今のはジョークじゃ！　わらわは全知全能なる魔王様によってこの地位に選ばれた！　つまりわらわにもお前たちを指導できるだけの偉大なる力があるということじゃ！　じゃから、じゃから……ええと……もしわからぬことや困ったことがあればわらわのところまで来い!!　お前らの上に立つ者として見事解決してやろうではないかっ！」

「「「おおーっ」」」

官僚たちの感心した声がした。

よし、正解だった。卑屈にならずに乗り切れた。

ぼそぼそと「しっかりしてそうだな」「本当に上級魔族の出身なのかも」といった声がする。第一印象は悪くないぞ。

「やっぱり政策通なんでしょうね」「もしかすると前の魔王様の懐刀《ふところがたな》みたいな存在だったのかも」「わざとヒラってことでいろいろ見張ってたんだろ」「だとすると、上層部の汚職がまとめて摘発されたきっかけは新大臣か！」

むむむ……。なんか、過大評価されている気がするぞ！

「しょぼいヒラだったらどうしようかと思ったけど、そんなことないんだな」「裏の実力者なんだ」「これなら財務省と対立している案件でも勝てそうね」「きっと魔族の百年後、二百年後を計画的に考えていらっしゃるんだろう」『新大臣万歳《ばんざい》！』

こ、今度は期待のまなざしが痛い……。

政策通などではまかり間違ってもない。

農務省の末端にいた、雑用《ざつよう》に毛が生えた程度のことしかしてなかった存在だ……。

わらわは一か月先のことも考えてないぞ。

せいぜい、週末の休みは家飲みにするか、居酒屋飲みにするか程度しか考えてないぞ。

これは早期に大臣らしい実績を出さないとまずいことになるのではないか。

かといって大臣らしい実績って何をすればいいんだ？

ほかの職員より早く来て、机を拭くとかじゃないしな……。

「それでは解散じゃ……。きりきり働け……」

官僚たちは大臣室からぞろぞろと出ていく。

よかった。やっと高ストレスの状態から解放される……。

しかし、まだ部屋に残っておる者が二人いた。

一人目はファートラというさっきのリヴァイアサン。

もう一人もよく似たリヴァイアサン。

「お疲れ様でした、ベルゼブブ様。あらためて自己紹介をさせていただきます。秘書官のファートラです。農相を補佐するのが仕事です。よろしくお願いいたします」

あ、そういえば、秘書官とさっきも言っていたな。

うわあ、もうガチガチに堅物《かたぶつ》そうなのがつけられている。

これじゃ、全然気が安まらないぞ……。

かといって、一人で全部やれと言われても、一気に昇進しすぎたので何をすればいいのかまったくわからんから、詳しい秘書官は必須ではある。悩ましい。

「うむ。よろしく頼むのじゃ。それで、隣のは何者じゃ？」

その何者かが元気よく手を挙げた。

「はい！　わたしはリヴァイアサンのヴァーニアです。秘書官補佐です！　そっちのファートラ姉さんの妹になります！　よろしくお願いいたします！」

なるほど。姉妹でわらわを補佐するということか。

見た目は近いが、性格は対照的だな。

「そうか、そうか。まあ、今後ともよろしくお願いしまー――よろしく頼むのじゃ」

わらわはファートラのほうに手を差し出した。

握手は敵意のないことを示す一般的な手段だ。

ファートラは笑わないまま、わらわの手を握った。もう、こういう顔なのだろう。

笑ったほうがかわいいよと言うのも、なんか違う気がするし。

「ところで、ベルゼブブ様」

「なんじゃ」

「かなり大幅にイメージチェンジをされましたね。大臣デビューですか？」

痛いところを突かれた。

割と痛恨《つうこん》の一撃に近かった。

「何を言っておるかよくわからないです……わからんのう」

「その口調も付け焼き刃でちょくちょくボロが出ますよね。明らかに大臣に任命されちゃって急遽《きゅうきょ》作ったキャラですよね？　あなた、一生ヒラの役人としてだらだらするつもりでしたでしょう？」

魔力がどんどん枯渇《こかつ》していくような会話だ……。

「ぎゃ、逆じゃ……。大臣になったことで素を出すことができて、隠しておったペルソナが登場した的な、そういうアレじゃ……」

「なるほど。そうですか。そうでしたか」

このリヴァイアサンの女、全然笑わないので、何を考えているのか読みづらい。

でも、状況証拠からしてわらわが追い詰められているのは間違いない……。

「私の任務は、新大臣が気持ちよくお仕事ができるように努めることだけですので。なんなりとお申し付けください」

「じゃな……。わかっておるぞ」

さっきからずっと手を握ったままだが、まだファートラが放してはくれない。

身分としてはこっちのほうが上だが、わらわはしょぼい魔族の家系なのに対して、向こうはリヴァイアサンなのだ。当然、緊張する。

「ですが――」

あっ、この切り返しの時点で、今の言葉が本心じゃないの丸わかりだ！

「私はベルゼブブ様から給金をもらって働いているのではありません。あくまでも官僚として国に仕えている身です。もし、ベルゼブブ様がまったく大臣に足る器《うつわ》でなく、農政が大きく後退すると判断すればしかるべき手をとらせていただきます」

「いい仕事をせんかったらつぶすということか……」

ちっとも暑くないのに汗をかいていた。

怖い！　官僚の世界、怖い！

ヒラの世界に戻りたい！

「つぶすという表現はよろしくないですね。私は公僕《こうぼく》として適切な対応をとるだけのことです」

平板な口調でファートラは続ける。

「農相が何か大きなミスをすれば、包み隠さずに発表なされるように助言いたしますし、不明朗《ふめいろう》な会計処理があればご質問させていただきますし、体調不良などの理由で農相としての職責に耐えられないということであれば辞職を提案する程度のことです」

ひぃぃぃ！　つぶす気満々だ！

「ですから普通の秘書だと思っていただければけっこうですよ」

こんなの脅しじゃないか！

しかもそばにいる秘書官が敵ってどういうことだ！

勇者のパーティーに魔王がいるようなものだぞ！

今すぐ辞職したい！

しかし、すぐに辞職したら、魔王様の任命責任にもなるし、魔王様の顔に泥を塗った者としてあとで抹殺されそうな気もする。辞職したら無事だなんて根拠はとくにない。

退路などないのか……。

「万事心得た。これでも農政の底で千五百年やっておったのじゃ。ズブの素人《しろうと》ではない。やれるだけやってやろうではないか！」

わらわは啖呵《たんか》を切ったというか、切らされた。

「なるほど。そのお言葉にウソがないことを願っていますよ」

やっと、ファートラが手を放した。

このリヴァイアサン姉妹は補佐役じゃない。監視役だ。

姉との握手が終わったら、すぐに妹のヴァーニアのほうが能天気にわらわのほうにやってきて、握手をした。

「よろしくお願いいたします、上司！」

「うむ、よろしくな」

この娘も明るいキャラを装って、姉よりもっと策士だったりするかもしれないから油断できない。

わらわが過去に読んだバトル系の小説だと、だいたい常に笑ってるような奴《やつ》ほど強キャラで、相手を容赦《ようしゃ》なく殺したりする。

「それで、上司。早速、決めていただかないといけないことがあるんですが」

「ほう、なんじゃ……」

どこで試されるかわかったものじゃないので、気が気でない。

ヴァーニアはなにやら紙を出した。

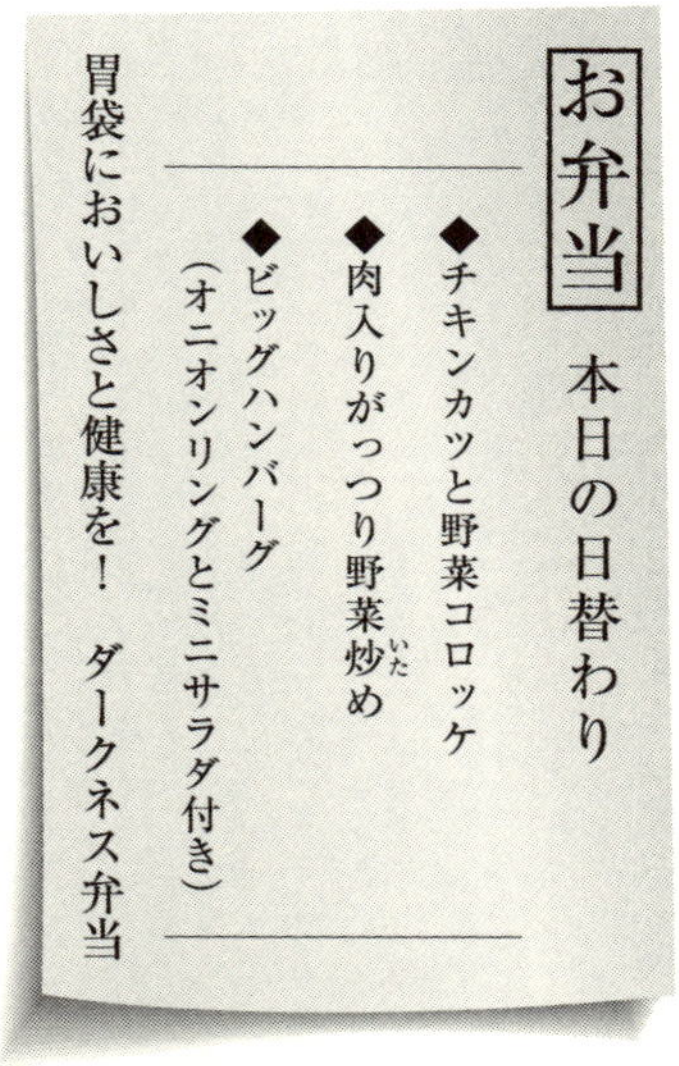
お弁当
本日の日替わり
◆チキンカツと野菜コロッケ
◆肉入りがっつり野菜炒《いた》め
◆ビッグハンバーグ
（オニオンリングとミニサラダ付き）
胃袋においしさと健康を！　ダークネス弁当

「弁当を納入してくれてる業者にそろそろ連絡しておかないとダメなんです。上司はどれにしますか？」

職務と関係ない選択！

「ヴァーニア、そんなの後でいいでしょ……」

姉のファートラが空気をぶち壊すなよといった顔であきれていた。

「えー？　昼食をどれにするかはものすごく大事ですよ！　とくに昼前のもうひと頑張《がんば》りに影響するじゃないですか。つまり、昼食を制する者は仕事を制するんです」

あっ、この妹のほうはヒラとノリが近いな。

キャリアにもいろんな奴がいるんだな……。

「じゃあ……肉入りがっつり野菜炒めにしようかのう……」

「はい！　間違いなく連絡しておきますね！　あ、ちなみにわたし、料理を作るのすごく得意なんで、事前に言っておいてもらえれば、週一ぐらいでお弁当作ってきますよ」

「そんな秘書官の仕事、ないでしょ！」

また姉のファートラのほうが怒っていた。

もしや姉妹で秘書官に任命されているのは、二人で足すとちょうど中和されていい感じになるからなのだろうか？

◇

その日からわらわの農相としての仕事がスタートした。

メインの仕事は――書類にサインをすることだ。

サインをすること自体はすぐだが、大臣クラスが決裁に関与する案件となると、重要事項であることは確実だし、モノによっては莫大《ばくだい》な額の金が動く。気楽にサインをしてよいものではない。

かといって、今までずっとOKと判断してきたものをなんでもかんでもトップのわらわが差し戻したら、それはそれでただの暴君である。

なので、内容を確認しつつ、サインをするということになる。

幸い、仕事に詳しい秘書官が隣にいるので、その点は楽だった。

ファートラは絵に描いたような官僚だった。

このあたりの人事には先に新魔王が関与していたはずなので、ファートラ本人の意思はともかく、新魔王はサポート役としてつけてくれたのかもしれない。

「この農場の案件は問題ないのじゃな？　もっと安く作れそうな気もするが」

「予算については別添《べってん》の資料に書いてありますので、ご確認ください」

「こっちの認可申請について、いくつか聞いてよいか？」

「どうぞ。ただ、あまりじっくり考えるお時間はないので、お早めにご決断くださいね」

ファートラは見たとおりツンツンしているが、わかりやすいイヤガラセみたいなことはしてこなくて、こっちが質問すればちゃんと答えてくれた。

まあ、大臣の邪魔《じゃま》をする秘書官だと、かえってファートラの責任になるからな。


わらわは一言で言って、まあまあ頑張ったと思う。

といっても意気込んでいたわけではなくて、とにかく必死だったのだ。

テキトーにやっている余裕がなかっただけとも言う……。

最初の三か月ぐらいは農業行政の現状を把握《はあく》することに時間を割いた。

自分の下に位置する責任者たちともできるだけ会食をしたりして、各部署の抱えている問題点や、問題意識を洗いだした。

できるだけのことしかできないのだから、できるだけのことをやるのだ。

それで、自分がわかったことは、とにかくノートにとった。

かなりの手間だったけれど、何冊も何冊もノートを作って、書き溜《た》めた。

これがヒラ時代に培《つちか》ったわらわの攻略パターンだ。

書いて覚える。書いて整理する。

こういうのはなにがなんだかわからないから難しく感じるだけで、攻略パターンを覚えて、先例を理解してしまえば、どうにかなるのだ！

官僚の仕事というのは結局のところ、先例主義だ！　つまり、覚えた者勝ちだ！

だから、覚える！

かといって、丸暗記できるほどの記憶力はないからノートにつける！

◇

それで、あっという間に半年ほどがすぎた。

「ベルゼブブ様は本当にノート魔ですね」

隣の席で書類をチェックしているファートラに声をかけられた。

なお、妹のヴァーニアのほうは書類廃棄とか書類をとってくるとか、雑用を中心にやらされている。

二人いる秘書官として身分が下のほうだから立場的にはおかしくないし、本人も体を動かしているほうが楽しいようだ。

「こうやって、自分の手で書いておれば忘れづらくなるからのう。役所の文体で書いてある書類をどれだけ収集しても、ちっとも頭に入らん」

お役所の硬すぎる文体だと何を言ってるかわからないので、普通の言葉に翻訳する必要がある。

逆に言えば、翻訳ができれば、たいして難しくはない。

「書庫に入っておるものだって、自分でちょっとリストを作っておけば、あっさり探せるが、そういうのがなければ見当もつかんかったりするじゃろ？　あれと同じじゃ」

わらわの農相向け尊大口調も半年でかなり板についてきた。

今のところ、大きなミスはない。

弾劾《だんがい》されたりはしてないから、そこそこ上手《うま》くやれているのではないか。

悪いことをする余裕もないから汚職も一切《いっさい》ない。

まあ、たんにどこの派閥《はばつ》にも属してないから、権力を濫用《らんよう》しようがないだけとも言うが……。

「そうですか。なんというか、歴代の農相とベルゼブブ様は毛色が違いますね」

ファートラがチェックの終わった書類をこちらの机に置いた。

「これまでの農相はどうしても政治をやりたがるというか、大臣にまで上り詰めた権力を使いたがる部分がありました。たしかに魔王になれない血筋の中では大臣は最高の地位なので、しょうがないとも言えますが、その分、基礎的な仕事がおろそかになっていたきらいがあります」

「そりゃ、わらわは叩《たた》き上げどころか、『叩き引っ張り上げ』とでも言うような奴じゃからの。価値観が違うのは当然じゃろう」

小難しい文面の書類も最近だと、どこに要点があるのかよくわかってきた。

何事も慣れだ。問題なしと判断してサインをする。

「正直、最初にお会いした時は生意気なことを申してしまいましたが、今ではあんなことを言うべきではなかったと反省しております」

ふいにファートラは言った。

その声が聞こえた時にはわらわのほうを向いて立って、頭を下げていた。

「試すようなことを言ってしまったこと、お許しください」

わらわはすぐに視線を書類に戻した。

そんなの、謝るようなことではない。

「どこの馬の骨ともわからん奴がいきなり農相になって、心配になるほうが自然じゃ。おぬしほど露骨《ろこつ》ではなくても、似たことを考えておった奴は腐《くさ》るほどおったじゃろ。新人と言われて新人が腹を立てるのなら、牛は牛と言われるたびに腹を立てねばならん」

「ありがとうございます」

もう一度ファートラが頭を下げた。

ちょっと笑っているようにも見えたが、書類を見ていたから、よくわからなかった。

「礼を言われる理由もないわい。さあ、仕事に戻るぞ。もうちょっと仕事をこなしたら、おぬしと妹は有休をとって遊びにでも行くがいい。一日ぐらい秘書官なしでもわらわだけで回せるわ」

「わかりました。ベルゼブブ様の事務能力に負けないように精進《しょうじん》します」

「事務能力なんて五十歩百歩の差しかないじゃろう」

「いえ、ベルゼブブ様は近年の農相の中でも、確実に最も優秀な方です」

それは偉い官僚の中で馴《な》れ合《あ》わなかったからだろうな。

ヒラの仕事は適切な事務処理を行うことしかない。

それが上の立場になってくると、自分の代でどんなプロジェクトをやったかとか、そういう手柄争いみたいな面が出てくる。というか、そっちがメインになってくる。

わらわの心は一介の役人のままだ。

キャラとしては偉そうにやっているが、生き方までは変わらない。

「とはいえ、ちょうど着任半年あたりが一番油断が出て、大きなミスをしたりするタイミングではありますのでご注意を」

「ほいほい。わかっておるわ。悪いが、まだ油断するほどは落ち着いてないしのう」

さて、次は種苗《しゅびょう》センターの建設に関する仕事だな。

工事のほうはとくに問題もなさそうだが、その過程で多数の立ち退きが発生する。その補償やら、まあ、いろいろあるのだ。立ち退き同意書も資料に添付されているから大切に扱わねばならない。

「むむっ？　ここにあった資料がなくなっておるぞ？」

わらわの左側、ヴァーニアの席のそばに置いてあったものがない。

ヴァーニアはちょうど席を立って不要書類を暖炉《だんろ》に入れて焼き捨てているところだった。

「ヴァーニアよ、種苗センターの資料一式がないぞ。どこにやった？」

「えっ？　あれって、もう不要なものじゃないんですか？　不要な書類はいつも左側に置かれてますよね？」

「いや、あれはチェックに時間がかかるからスペースの空いている左側によけておったのじゃ」

ヴァーニアの顔が真《ま》っ青《さお》になった。

「ややややややや焼いてしまいました……」

「おぬし、何をやっとんじゃああああああああああああ！」

着任から半年――

自分じゃなくて、部下が油断したっ！

しかも、無茶苦茶ダメージがデカいやつ！

その場で膝《ひざ》をついたヴァーニアをファートラが無表情で引っ張り上げていた。

無表情だが、きっとマジ切れしている。

「あなた、この部屋の書類は消去する前に必ずダブルチェックをすることになってたわよね。それをした？」

「す、すみません……。廃棄書類だなと思って……」

「重大な責任問題よ。降格は確実だけど、まあ前例から言うと自己都合で退職してもらうことになるかも」

「え、クビですか、クビになっちゃうんですか……？」

「この書類、五十軒以上の住民の立ち退き同意書まで入ってるの。もちろんほかの関係各所の書類も交じってる。そういうの、全部イチから作ってね、よろしくねって言って回るだけでとんでもない時間がかかるし、最悪工事も一か月、二か月遅れるわけ……。その間にも税金がどんどん使われていくわけ！」

ファートラの声のボリュームがだんだんと大きくなってくる。

「あなたが辞めるぐらいのことしないと、どうしょうもないでしょ！」

じわじわとファートラの手はヴァーニアの首を締め上げていた。

リヴァイアサンの手によるものだから、きっととんでもない力が入っている。

「あ、あの……どこか穏便《おんびん》な落としどころはないですかね、姉さん……？」

「あなたが罪をかぶるしかないの。でないと、ベルゼブブ様の責任になるんだから！　こういうのは秘書官がトカゲの尻尾《しっぽ》切りで消えることになるのよ！　まあ、今回の場合、本当に秘書官がしたことだけど……」

ファートラの手もぷるぷるとふるえている。

ファートラも妹にこんなことを言うのはつらいに決まっている。

だが、スケープゴートがないとこの事件が解決しないというのも事実だ。

しょうがないか。

わらわはゆっくりと立ち上がる。

スケープゴートがあればいいのだろう。

「ファートラ、スケジュールの組み直しをせよ。まず、どれぐらい遅れるか試算した上で、順番に頭を下げていく。わらわが謝罪をすればおおかたのところは許すしかないじゃろう。農相が直接来ればメンツがつぶれるところもないわ」

「で、ですが、この件に関してはベルゼブブ様には何の非もないことです……」

遠慮がちにファートラはそんなことを言う。

自分の身内の失敗だから余計にかばいづらいのだろう。

「あほか。部下の責任をとるのは上司の仕事じゃ。わらわもヒラの時代、さんざん上司に頭を下げてもらっておったわ。今度はわらわが頭を下げる側になる。下げるだけならタダじゃ！」

こんなしょうもないこと、とっとと終わらせてしまうぞ。

「さあ、ファートラ、資料を作れ。こういうのはすぐに謝ったほうがダメージが小さくなるのじゃ。再発防止策もついでに入れておくのじゃぞ。離れた机に置いた書類だけを廃棄することにすれば問題も起こらんじゃろ」

「は、はいっ！」

ファートラは両肩を上げながら、上ずった声で言った。

「それと、まず一回、大きく深呼吸しろ。以上じゃ」

命令どおり、ファートラは大きく息を吸って、長い時間をかけて吐いた。

「わかりました。早急に善後策《ぜんごさく》を講じます」

このあと、わらわとヴァーニアは関係各所に行って、書類紛失を詫《わ》びて、とにかく頭を斜《なな》めに下げ続けた。

こういう時、農相が出てきたことの効果は絶大で、まず農務省の内部では文書を再度作るということで了解された。

それから先も謝罪行脚《あんぎゃ》になったが、ファートラが効率よく回れるスケジュールを組んでくれたおかげで、そこまでの時間的ダメージにはならずにすんだ。

こんな時、空を飛べるというのはありがたい。リヴァイアサンはクジラに似た巨大な原形になれば空も飛べるのだ。

ただ、ちょっとした城砦《じょうさい》ほどのサイズのあるリヴァイアサンが出せる速度はたかが知れているので、場所によっては、わらわがヴァーニアのほうをつかんで飛んでいった。速度だけならわらわの羽で飛ぶほうがずっと上だ。

なんだかんだで二週間ほどで謝り続けて、もう一度書類を作ってもらう作業も終わり、工事にも遅れが出ない範囲で収めることができた。

「ふー、やっと終わったわい！」

無事に作り直しの書類が完全に通って、わらわは、体と羽を伸ばした。

ファートラも自分の席でストレッチをしていた。

「ヴァーニア、もう頭を下げる必要もなくなったぞ！　全部で何回頭を下げたかのう？」

わらわは冗談のつもりで言ったのだが――

その冗談は見事にすべってしまった。

「あ……本当にすみませんでした、すみませんでした……」

わらわと一緒に各所に出向いていたヴァーニアは完全にびくびくした、ヘビににらまれたカエルみたいな状態になってしまっていたのだ。

今もマヒと毒に同時にかかったような顔色をしている。

謝罪に出かけてる最中にへらへら笑っているのは困るが、ずっと辛気臭《しんきくさ》い顔をされてもやりづらい。

ここは上司らしいところを見せないといけないな。

わらわはヴァーニアの肩を叩いた。

「今日、空いておるか？　二人で飲みに行きたいのじゃが、よいか？」

「わ、わ、わかりました……」

ヴァーニアがさっきよりもっと青い顔で言った。

あれ、もしかして、今の時代って上司が飲みに誘うとかNGなのか……？

◇

わらわがヴァーニアを連れていったのはうるさい居酒屋ではなく、しゃれたバーだった。

官僚に聞いて評判がよかった店だ。

「好きなものを注文するがよいのじゃ。ここは料理もなかなかのものじゃからな」

だが、せっかく連れてきたのにヴァーニアはこれまで以上に固まっている。

こいつ、リヴァイアサンじゃなくてガーゴイルなんじゃないかというほどだ。

「おぬし、もうちょいリラックスせい。おぬしも偉いんじゃから、デカく構えておればよいのじゃ」

「そ、そんなの無理です……」

むむむ？　おかしいな。こういう時は上司がぱーっとおごるのがよいとハウツー本で読んだことがあるのに、むしろお葬式《そうしき》ムードが強くなっている……。

もしかして、延々《えんえん》と昔の自慢話をされたり、高い店を割り勘にされたりするとでも怯《おび》えているのか？

お金は全部こっちで出すぞ。あと、自慢できるような話はヒラだったのでない。

もしや――今回の件以外で怯えているのか？

まさか、裏でもっと特大のミスをしているんじゃないだろうな……？

だとしたら、ちょっとかばいきれないぞ……。

落ち着け、落ち着け。まずは状況確認だ。

「気になっておることがあるんじゃったら、全部言ってしまえ。そのためにこの店に来たのじゃ。秘密は厳守するぞ。なにせ、わらわは上司じゃからな」

今のわらわには部下がいるのだ。上司らしく、上司らしく振る舞うぞ！

「わ、わ、わかりました……。では、率直《そっちょく》にお聞きしますね……」

「う、うむ……」

本音を言うと、あまりとんでもないことは勘弁してほしいが、隠し通されるほうがヤバい！

「あの…………やっぱりわたしは左遷《させん》されるんですよね……？」

わらわは高い椅子《いす》から落下しそうになった。

「『やっぱり』の意味がわからん。いつ、おぬしを左遷する話をした……？」

「だって、今回の件で上司の顔に泥を塗ったわけで……これはもう報復を受けて当然かなと……」

「いやいやいやいや！　その論理はおかしいじゃろ！　何のためにおぬしと一緒にわらわが頭を下げに行ったと思うておるんじゃ！」

なんか、ショックだぞ！

感謝しろとは言わないが、罰《ばつ》がなくてよかった～ぐらいのことは思っててほしかった！

「わたしも最初はそうかな～と思っていたんですが……今日、こんな高い店にサシで誘われて、あっ、これはわたしの役人人生が終了することを告げられるんだなと……」

そういう解釈かっ！

「それでいろいろ想像していました。窓のない部屋でひたすら不要な紙の枚数を数える仕事とか……」

「そんな仕事はない」

「給料が出るならそれでもいいかな、辞めるよりはマシかな、いや、やっぱり辞めるべきかなとか一時も休まずに考えてました……」

それ、職務専念義務違反なんじゃないか。

わらわはぽんぽんとまたヴァーニアの肩を叩いた。

「あっ、肩叩き……。やっぱり左遷なんだ！　誰も住んでないような北の最果てに飛ばされて、誰も来ない窓口に一生座らされるんだ！」

「おぬし、ええかげんしつこいぞ」

わらわはぐいっと高い酒をノドの奥に流し込んだ。

「あのな、おぬしがずっと落ち込んでおるから今日は景気づけに飲みに連れてきただけじゃ。好きなだけ飲んでウサを晴らせ。それ以上言うことはない」

「じゃ、じゃあ……左遷されたりってことは……」

「ないない。あと、おぬしを左遷するために書類をいちいち作るのがダルい。人事の連中も納得させんといかんし、そんなダルいことしたくない」

「あっ、そこまで具体的に理由を言ってもらわなくてもいいです……。頼りになるから置いておくってことにしておいてください……」

えらく都合のいいことを言われた。

「ほれほれ、思いきり飲んで嫌なことは忘れよ。何杯飲んでもわらわが払ってやるわ！」

「上司、神ですか⁉」

「神ではない。魔族じゃ」

にやりとわらわは上級魔族らしく笑った。

わらわは人生で初めて上司としてまともに人におごった。

うん、わらわも成長しておるのだな。

ヒラの生活は生活でよかったけど、農相の生活も悪くはないかもしれない。


——二時間後。

わらわは酔っ払っているヴァーニアを背負いながら、街を歩いていた。

「まさか、こんな格好で迷惑をかけられるとは思うておらんかったぞ……」

「ふへへ……お酒、お酒……」

完全にヴァーニアはつぶれてしまい、家まで送り帰すしかなくなった。

ヒラ時代に上司が酔いつぶれてこういう送迎を何度もやったが、農相になってもやることになるとは……。

空を飛んで連れていきたいが、わらわも酒が入っている。

飲酒飛行で事故を起こすと重犯罪になる……。

どうにか住宅街のほうまでやってくると、辻《つじ》にファートラが立っていた。

「すいません、ベルゼブブ様。妹がいいかげんな性格で……」

疲れた顔でファートラは頭を下げる。

「おぬしも苦労しておったようじゃな」

わらわはファートラに同情した。逆にファートラも、今のわらわのことを同情しておるかもしれん。

「しかし、おぬしが秘書官に選ばれた理由がこれではっきりしたわ」

「どういうことです？」

ファートラは不思議そうな顔をした。

「おぬしはさんざん、妹の世話を焼いてきおったじゃろ。だから、右も左もわからん農相の世話も焼けると判断されたんじゃろう」

はっとしたように、ファートラが口を開けた。

最初はつっけんどんな対応をされたが、なんだかんだでファートラはわらわをしっかりと補佐してくれた。まさしく秘書官として縦横無尽《じゅうおうむじん》に働いてくれた。

でなければ、わらわだけの努力なんて微々たる力で、農相の仕事が回るわけがない。

今回のヴァーニアのミスだってファートラが対策を立ててくれなかったら、もっと長くこじれていただろう。

そうなってしまうと、いよいよ問題のあった秘書官を切るという事態にもなりかねなかった。

「ファートラ、わらわはお前が仕えるに足る農相になれそうか？」

「今で七十五点ぐらいですかね」

八十点はほしかったが、合格はしているのだろう。

「ほれ、あとは姉のほうでどうにかしてくれ」

ヴァーニアの受け渡しを行う。

「本当は置いて帰りたいのですが……そういうわけにもいきませんね」

「うん、放っておくと馬車にでも轢《ひ》かれそうじゃしな……」

これで本日のわらわの仕事は完全に終わった。あとは帰宅するだけだ。

「それでは、今後とも秘書の仕事、よろしく頼むぞ」

「ベルゼブブ様、あなたが農相で本当によかったです」

いつもは硬いファートラの表情がふっとゆるんだ。

こんなふうに笑みを向けられたのは初めてかもしれない。

「今度はおぬしも、よい店に連れていってやるわい」

帰りの夜風はとても気持ちよかった。

ちょうど、ほどよく酔いが醒《さ》めそうだ。

「あっ、もう書類がなくなっとるの」

「はい、ベルゼブブ様、先ほどの件で最後ですよ。お疲れ様でした」

とんとんと紙を机で整えながら、ファートラが言った。

この「お疲れ様でした」の一言がファートラの中での賛辞《さんじ》なのだ。最初はわかりづらかったが、ファートラは露骨《ろこつ》に褒《ほ》めてくれたりしない。いや、部下だから「よしよし」と頭を撫《な》でてきたりしたら、それはそれで変なんだけど。

そうか、そうか。少しゆっくりできそうだな。

大臣が仕事の山にかかりっきりで身動きがとれないというのも、いざという時に問題だし、こんなゆとりを持った状態もたまには悪くない。

「上司、お仕事どんどん早くなってきましたね！」

ヴァーニアのほうからも評価の声がする。両サイドから褒《ほ》められた。もっとも——

「おぬしは、まず自分の机をどうにかせい……」

ヴァーニア担当の書類はまだまだ残っている。

「いやあ、とっくに終わってる予定だったんですが、気づいたら、昔の修学旅行の夢を見ていて……」

「つまり、寝てたんかい！　ちゃんと仕事をせい！」

結局、わらわが手伝うことになったので、ゆとりはなくなった。

それでも、わらわの仕事も最初と比べれば、ずいぶんマシになった。そこは間違いない。

少なくとも、ここ最近は休日を優雅に過ごす余裕も戻りはじめている。

といっても、無数にある部屋を利用するのは面倒《めんどう》だから、居住スペースにしている狭い部屋にこもって、昼まで寝てたりするだけだが……。

生活水準というのは、そんなに変わらないものなのだ。上げるのは上げるので面倒だし。

「あっ、そうだ、そうだ。午後の大臣室宛ての郵便物チェックをし忘れてましたー！」

ヴァーニアがばたばたと走って、部屋を出ていった。

「あの子、いろいろと忘れすぎでしょ……。ちゃんとやってよ……」

ファートラは頭を抱えていた。

長らく、あの妹の面倒を見ていたと思うと、かなり大変な人生だろうなという気がする。

キャリアだからといって、順風満帆《じゅんぷうまんぱん》というわけではないのだ。どんな人生も山あり谷ありなのだ。

というか、わらわみたいに平穏な人生を生きようと徹底しないと、多かれ少なかれ山あり谷ありになってしまうのかもしれない。遠くから見た時は平野のようでも、いざ歩いてみると高低差があってでこぼこしているようなものだ。

でも、わらわも今、魔王様の策略で農相をやらされているので、全然平穏ではないな……。

こんなことなら、田舎《いなか》で実家の青果店《せいかてん》を継ぐべきだったか？

いや、店を経営するとか、平穏に生きられるわけがない。最悪、借金もできるし。自分には向いてない。

しばらくすると、ヴァンゼルド城下に出てきて正解のはずだ。

「はい、上司、今日の午後の分です！」

「うむ、ご苦労。そこに置いておいてくれ」

わらわは郵便物の中身をチェックする。直接、大臣に送られてくるものはたいして多くない。

その日も大半は農業関係の雑誌《ざっし》なんてものだった。こういうのは農務省の中で何部も定期購読しているのだ。

「『月刊魔族農業』『月刊魔族農具』『月刊農業用アーティファクト』『月刊小麦栽培《さいばい》』『月刊二毛作』『月刊サイクロプスと林業』『月刊害虫』……雑誌が多すぎるのじゃ」

「しょうがないです。購読しませんというと、農務省の印象が悪くなりますからね。一ページも読まないとしても形式的にでも買わないといけないんです」

ファートラが涼しい顔で言った。ようわからん法人が作ってる謎の雑誌も含まれている。これを税金で買うのってどうなのか。自分の金じゃないから、いいのだが。

「わたし、『月刊サイクロプスと林業』のコラム好きですよ。あの毒舌コラムを読むと爽快《そうかい》な気分になります。発行部数が少ないからこその攻めの姿勢ですよね！」

「おぬし、そんなものにまで目を通しておるのか……」

ヴァーニアはそのマメさをもっと仕事でも発揮してほしい。

しかし、一つ、わらわ宛ての小さなサイズの封筒があって、目を引いた。

「なんじゃ、個人の投書か？　こういうのはわらわに送ってこんようになってるはずなんじゃがの」

省庁のトップに自分の意見を聞いてくれと訴えてくるような手合いは多い。

そんなのを本当に大臣が読んでいたらきりがないので、ほかの部署の者が内容をチェックしている。なので、その封筒もすでに開封されている。

「いったい、誰《だれ》からじゃ？」

わらわはくるっと封筒を裏返した。

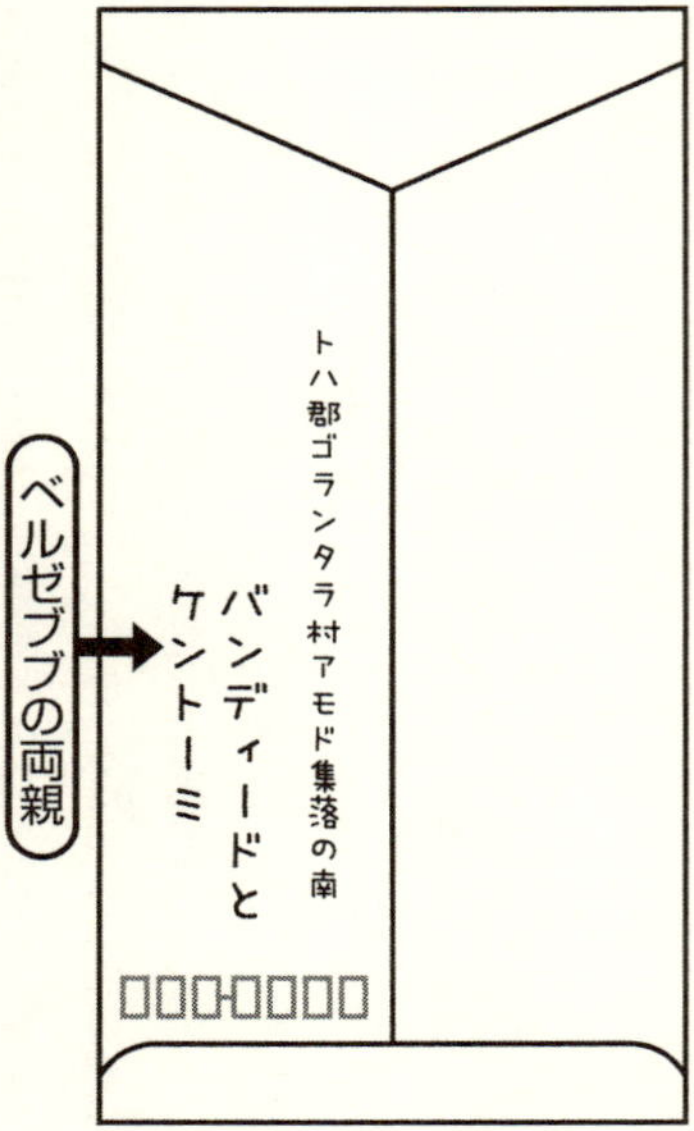

「ぶごふっ……」

変な声が出た。こういうのも嗚咽《おえつ》のカテゴリーに入るのだろうか。

親から封筒が来てるっ！

中身を確認する。手紙が入っていた。

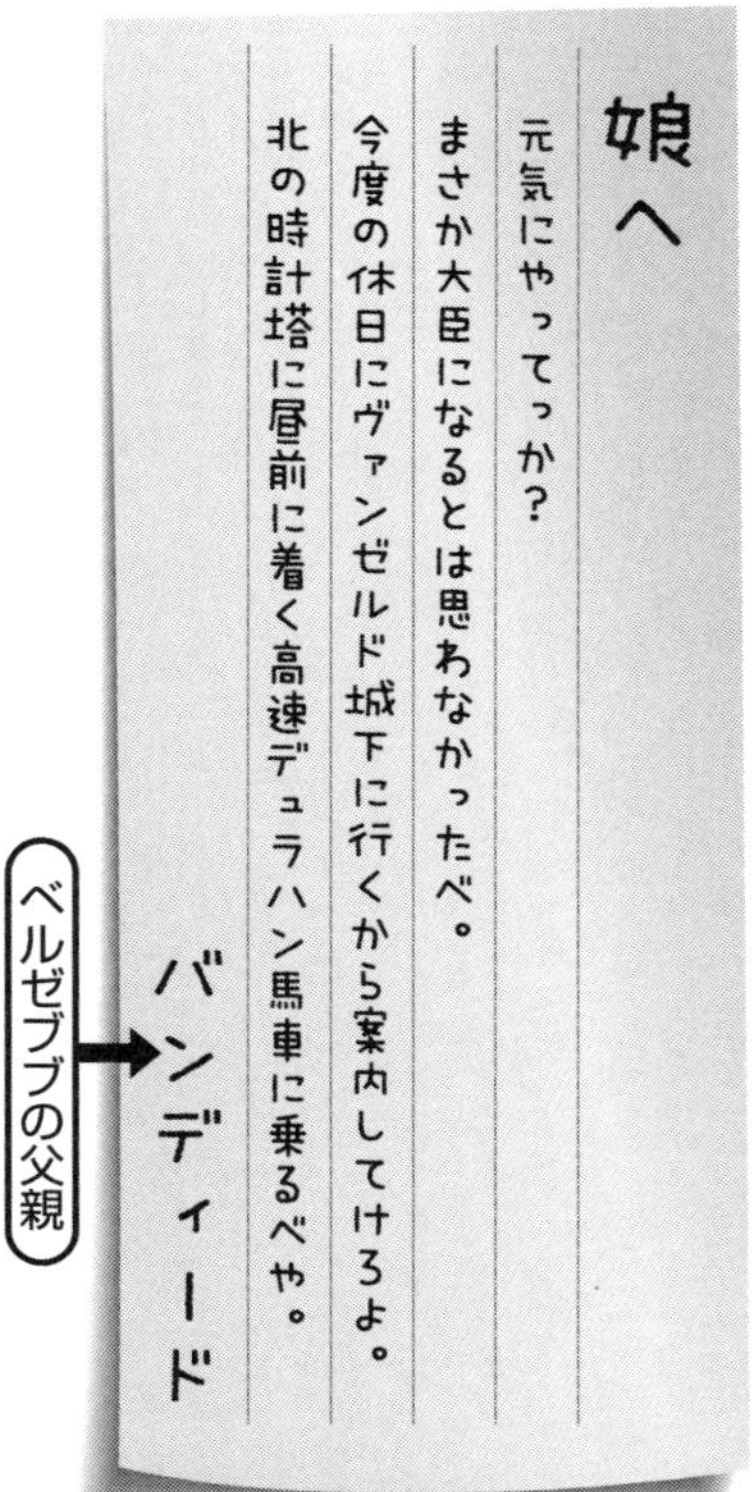
娘へ
元気にやってっか？
まさか大臣になるとは思わなかったべ。
今度の休日にヴァンゼルド城下に行くから案内してけろよ。
北の時計塔に昼前に着く高速デュラハン馬車に乗るべや。
バンディード


「ぶふふふふっ……」

もっと変な声が出た。

しかも、来るのかよ！　突然すぎる！

休日に来たのでは、仕事を理由に断れないし、たしかに案内するしかないな……。自動的に休日がつぶれるのと同じじゃないか……。勘弁してくれ……。

ここ何年かは実家に帰ってなかった。帰っても楽しいことも何もないし。

だが、向こうからやってくるとは誤算だった。

「ベルゼブブ様、どうかなされましたか？　不気味な声が漏《も》れていましたが」

ファートラに指摘された。やっぱり変な声だったらしい。

ダメだ、これは知られたらダメなやつだ。

「何でもないのじゃ……」

「何でもないのに、そんな声を出す人はいないでしょう」

「いやいや、ちょっと気管が詰まったのじゃ」

「それが事実なら医者に行ってください」

もしも、親を見られたりしたら、猛烈に恥ずかしい。きつすぎる。

ヴァーニアなんて休日暇《ひま》そうだし、わらわの親が来ると知ったら、有名な観光地で張り込みをしたりするかもしれない。

たかが親ごときで恐怖しすぎと思われるかもしれない。だいたい、イメチェン前のお前だって、かなりカッコ悪かっただろうと言う人もいるだろう。

そういう次元じゃないのだ。

「一般市民からわらわへのファンレターじゃった。市民もわらわ官僚を応援してくれとるのじゃな。今後も気を引き締めてやっていかねばならんのう」

強引にきれいに締めた。

そして、すぐにその封筒を自分のカバンに入れた。

待ち合わせ場所だけメモをとったら、あとで焼き捨てよう……。

◇

休日、わらわは北の時計塔の前にいた。

ここは地方からいろんな交通機関が発着している。高速デュラハン馬車もその一つだ。両親は空を飛べるが、長距離だと疲れるから、結局、夜通し走る高速デュラハン馬車を利用するらしい。

そして、わらわの地元から来た高速デュラハン馬車が停車場に停まった。

運転手のデュラハンが箱状の車両の扉を開《あ》ける。

つばの部分が大きすぎる麦わら帽子《ぼうし》をかぶった両親が下りてきた。

あまりにもつばが大きすぎて扉で引っかかっていたぐらいだ。どこにそんな帽子、売ってるんだ……？

「おお、ベルゼブブじゃねえか！　おめえ、知らねえうちにずいぶんと雰囲気変わったな！　あぼまったべえ！」

まず、父親のバンディードが出てきた。

ちなみに、あぼまる——というのはわらわの田舎の方言でびっくりしたという意味の動詞だ。

続いて、母親のケントーミが降りてくる。

「ほんに、ほんに！　ベルゼブブ、みっかとすりはらわんやっぺ！」

母親はなまりが強すぎて、地元民以外何も聞き取れないと思う。

なお、今は「本当だ、本当だ！　ベルゼブブ、とってもきれいになったね」と言っている。

「二人とも、もう少し早く教えてほしいのじゃ……。いくら休日とはいっても、大臣ともなれば視察の仕事が入ることだってあるわけじゃし……」

すると、二人は顔を見合わせた。

直後に爆笑した。

爆笑のうえに笑い声が大きい！　周囲からなんだなんだと見られている！

「あっはははは！　ベルゼブブ、なんだ、その話し方はっ！　あぼまるべ、ほんにあぼまる！あぼまりすぎ！」

「まるでえんらもんが、こーとりびらんげんぺ！　ぽっとらぶったーら、べんべん！」

「ええではないか！　別に通じておるんじゃから！　だいたい、おっかあの言葉は、地元民しか何もわからん暗号レベルじゃぞ！」

なお、母親の今の言葉は「まるで偉い者のようだ。なんで、こんなになるの！　ぶっ飛びそうなほどおかしいわ、とっても、とっても！」という意味だ。

あと、わらわは、親をおっとう・おっかあと呼んでいる。

地元ではそれが一般的だったのだ。

が、ヴァンゼルド城下に出てきてすぐに、そんな呼び方はとてつもなく田舎っぽいことが発覚して、それ以来封印していた。

「ほいと、ベルゼブブ、さおんそねおんにあ、こさないんりわっぺ！」

「おっかあ、もうちょっと標準語に近づける努力をしてほしいのじゃ。いや、わらわにしゃべるのはそれでもいいけど、店でその調子でしゃべっても絶対に認識してもらえんのじゃ……」

後ろのほうにいった通行人が「何語だ？」「わからん。人間の言葉のほうが、まだわかるよな」「戦争が終わってから、人間の言葉と魔族の言葉が急速に近づいてきてるって研究もあるしな」なんて声がする。

やはり、何も理解されてないようだ。

そうだろう。わらわも久しぶりに聞いたら、かなり聞き取りづらいぐらいだし。

「それで、二人はどこを観光するつもりなんじゃ？」

「トパラー神殿遺跡を見たいと思ってるべ！」

「おっとう、その遺跡は今から行くと夜になるのじゃ……」

「えっ？　すぐ隣だと思ってたべ！」

この時点で、ほぼノープランで乗り込んできたことが確実になった。

でも、かえって好都合かもしれない。

超王道観光地だけを巡れば、知っている顔に見つかることもない。

いくらヴァーニアでも城下町の超王道観光地を歩いてることなどありえんだろう。

「では、わらわが道案内をするのじゃ。ありがたく思うのじゃ」

「へおれ、あそぎあーりふぉこうれーば！」

母親が何か言ったが、わらわもよくわからなかった。

「ほれ、ここが第百凱旋門《がいせんもん》じゃ！　名前のとおり、百番目に作られた凱旋門じゃから、この名がある！」

「ほほう……でっかいべ……」「びおとびー」

前半が父親で、後半が母親の感想だが、母親のほうは「背が高いなあ」と言っている。

うん、こうやって、一般的な観光地巡りをしていれば、勝手に楽しんでくれるので、わらわが疲れることもないはず――

「じゃあ、ベルゼブブ、次んとこさ、連れていってくれべさ」

「もうか⁉　早いのじゃ！」

まだ来て一分しか経ってないぞ。

「だって、どうせなら、いろんなとこさ、回らないともったいねえべさ。店の売り上げ使って来てるんだべ」

「わかったわ……。では、次の漆黒《しっこく》の泉に案内してやるわい……」

その泉も見て、五秒で「じゃあ、次を頼むべ」と言われた。

「あのなあ、もう少し、泉に思いをはせてもいいのではないか……？」

「モンスターの口から流れてる水が黒いだけで、それ以上の感動はなかったべ」

それは事実なので、文句も言えない。

あと、母親も何か言っているのだが、もう聞き取れなくなってきたので無視する。親子だから心が通じ合ってるかもしれないので、何を言ってるかわからなくてもいいのではないか。


わらわはそのあとも、いくつもいくつも観光地を紹介してまわった。

率直に言って、かなり疲れた。

とくにノドが疲れた。

紹介する以上、ここはどういうところだと説明しないといけない。

で、本職のガイドがツアーで巡る数倍のペースで二人が移動しているから、紹介する箇所もとんでもない数になるのだ……。

「ええと、ここは、その……何代か前の魔王が、え〜、魔人っぽい存在から、槍を受け取ったとかいう伝説があるらしい池じゃ」

「ベルゼブブ、だんだん説明が、えんわになってるべよ」

この「えんわ」というのは「いいかげん」という意味の方言だ。

「ほっとけ。池にコインを入れると願いが叶うとか言われてるが、水質汚染の原因になるから入れるな。ああ、疲れた……。むしろ、二人は旅先なのに元気じゃのう……。もういい歳じゃというのに……」

長命な魔族でも、両親は二人とも中年ぽさが出はじめてはいる。それもアンチエイジングでどうにかできるらしいが。

「店やって、慣れてるべ。とくにいい質の水は樽《たる》ごと売ってるから重いべや。それに小麦もけっこう重いべや。あと、中古の馬車なんかも運ぶのは大変だべや。あと、羊も大きいのは重いべや」

ん？

なんだ、この違和感は……。

「うちは青果店じゃろうが！、なんで中古の馬車や羊まで売っておるんじゃ！」

「ほかに売ってる店がないべ。全部、扱うことになってるんだべ」

田舎あるあるだ……。もはや青果を扱っているかすら怪しくなってきた。

そこで母親が「ベルゼブブ、わーめすたびん、ぐうなりへーっぺ」と言った。

「そうじゃのう。おなかがすいたから、食事にするか」

わらわも休みたかったし、ちょうどいい。


ほどほどにしゃれているが、中年でも楽しめる、最先端すぎるわけでもない店に連れていった。

これは、わらわの個人的な感想じゃが、若者向けの流行を突っ走っている店は、味は案外たいしたことなかったりする。長くやっている名店のほうが、はるかに平均レベルが高い。

「うまいべ～」「ぐるみな～っぺ」

「そうじゃろ、そうじゃろ。田舎にこんなおいしいもんなどないじゃろ～」

あっ……。

ふと、あることに気づいてしまった。

すっかり、自分は都会色に染まってしまっている。

もはや、この城下町がわらわの故郷になっているのだ……。

この店だって、別にわらわが作ったわけでもなんでもないのに、褒められてドヤ顔していた。

その時、父親と目が合った。

「ベルゼブブ、今日のお前を見て、安心したべ」

すっとぼけた顔をしていた父親がずいぶんとまともな顔になっていた。それは母親も同じだった。

「おっとう、どういうことじゃ?」

親という雰囲気を出されると、どうもやりづらいところがある。

「最初、お前が大臣とか何かの間違いじゃないかと思ったべ。だから、確認がとれる一か月間は近所に自慢してまわるのも控えておったべや」

いや、それ、一か月たってから、自慢してまわったたってことだよな? そういうの、やめてほしい。

「母さんもお前が大臣なんてできるわけない。無理だと言って逃げ帰ってくるんじゃないかと心配してたんだべ」

「あはは……」と母親も頭をかきながら笑っている。

向こうも照れくささがあるらしい。

「けんど、心配無用だべな。お前は見た目まで変えて強く生きておるべや」

親に認められたということになるのだろうか。

こんな時、どんな顔をしていいかよくわからないな。

気楽に「ありがとう」とでも言うべきなのか。しかし、それができない程度にはわらわはひねくれて生きていた。もう、そこは変わらない。

「そういや、お前が田舎の生活はもう嫌だって言って、都会に出ていった時もどうせ無理じゃってって思っておったべ」

父親は天井をぼうっと眺めた。

しばらく、誰もしゃべらない時間が過ぎた。

そんなこともあった。

わらわも城下町に飛び出すぐらいに行動的だった頃があったのだ。

いつのまにか、地味《じみ》に生きることが目的になっていたけれど、最初から徹底して地味なら都会に出ることもできなかった。

「なのに、お前はずっと役人をやっておったべ。父さんも母さんも反省したべや。自分の娘はずっと能力があるんだべなって。田舎に住み続けてたせいで、親なのにそれがわかってなかったべ」

「ヒラをやってただけじゃ。それは誇れることではないわい……」

もう、料理を食べる空気ではなくなった。

「お前が誇らんでも、誰かがすごいと判断したから大臣にしたんだべ」

その「誰か」って誰だろう。

本当にあの魔王様本人なのだろうか。それとも、ほかの「誰か」が推薦をしたんだろうか。

確実なのは、その「誰か」によってわらわの人生はとんでもない方向に動き出してしまったということだ。

「これからも頑張《がんば》ってやんべ。田舎から応援してるべや。青果店のほうは、こっちでなんとかする。店を継げなんて、えっそえことは言わんべや」

えっそい――というのは、つまらない・しらけるという意味の言葉だ。

一国の農相に地元の店を任せるようなことは言えないか。

親に認められると、何歳になってもうれしいのだな。

「それはありがたい話じゃの。まっ、わらわは最初から店を継ぐつもりなどなかったがの」

「今では、五店舗あるし、敏腕《びんわん》の店長たちに任せておるべな」

はっ⁉

父親から変な情報が出た。

「おい！　いつのまに支店ができておるんじゃ！　そんなの聞いておらんぞ！」

「いろんな商品扱ったら、人気出たべよ。それに田舎じゃと商売敵《がたき》も少ないからやれておるんべや。つぶれた店の建物買い取って、改装してやっておるべや」

マジか……。親に商才があるとはみじんも思えんのだが、これまで青果店がつぶれてなかったから、最低限の能力はあったのだろうか……。

「こっちの心配はいらんからな。お前はお前で大臣をまっとうするべ！」

母親もこくこくとうなずいている。

結果的に背中を押されてしまった。

「ああ、言われなくても働くわい！」

――と、その時、悪寒が走った。

「やっぱ、このお店はレベルが高いですよね～。自作料理の参考になります」

ヴァーニアが入店してきていた！

この親は絶対に紹介したくない。親の方言を聞かれたら、わらわの口調がまさしく作ったものだと丸わかりだ。すでにわかられている気もせんでもないが、ギャップがすごすぎてまずい。

「女子の一人メシというのも、いいものですね。食べたいものを食べたいだけ食べる、それが正義！」

わらわはそっと、席を立った。

「悪いが手を洗ってくるのじゃ。しばらく戻ってこんから、ゆっくり残りの料理を食べておいてくれ。トイレから戻ってきたら、店を出るからの」

わらわはトイレに本当にしばらく閉じこもって、ヴァーニアとの遭遇を強引に避けた。

店に迷惑だが、背に腹は代えられん！

そして何食わぬ顔でテーブルに復帰する。

「よ～し、二人とも食べ終わったようじゃのう。では、店を出るとするかのう。うむうむ！」

わらわは見事、ヴァーニアとの遭遇を回避したのだった。

店を出ると、もう夜になっていた。観光も終わりだ。

「今日は楽しかったべや」『ベルゼブブ、えっぺげほべらにっぺ』

「そう言ってもらえると、娘としてもほっとするのじゃ」

今の母親の言葉はよくわからなかったが、文脈的に楽しかったということだろう。

「あと数日、城下町におるつもりだべが、観光は母さんと二人でやるべや。大臣の仕事、気張ってやるべや」

「そうじゃな。しっかりやってやるわい」

今度はこっちから里帰りせねばならないな。

気は休まらなかったが、こんな休日もたまにはいいだろう。

「最後に、今日泊まるホテルまで案内してやるのじゃ。どこのホテルじゃ？」

「ベルゼブブ、うぬやとみんそべがいっぺ」

「おっかあ、もうちょっとだけ標準語にしてほしいのじゃ……」

「母さんはこう言うたべ。『宿はとってない。数日、ベルゼブブの家に泊まるつもりだ。宿代をかけるのももったいないしな。空いてる部屋を貸してもらえれば、あとはこっちでどうにかするべ。それでお前の家はどこにあるんだ？』と」

方言、短い中に豊富な意味を内包しすぎだろう。

いや、そんなことはどうでもいい。

この二人、わらわの家に泊まるつもりだぞ！

たしかに宮殿みたいな家だから、部屋は腐《くさ》るほどある。厳密には腐ってはないが、使用してないからホコリが積もっている部屋が多数ある。

でも、同じ建物に親がいるのは――ものすっごく嫌！

あまりにも落ち着かない。

しかも、わらわの部屋も確実に見てくるしな……。

わらわがおる時にのぞかなくても、仕事で出ていった間とかにどうせのぞくだろう……。

「今から最高級のホテルをとってやるから、そこに泊まるのじゃ！　娘が大臣にまで出世してよかったのう！　ははははははっ！」

こういう時はケチらずに金を使うのだ！

わらわは、自分の家に負けず劣らず宮殿みたいな外観のホテルに親を押し込んでから、帰宅した。

帰宅してから、あることに気づいた。

「今日、こんなに疲れておったのじゃな……。肩が重い……」

わらわはベッドにばたんと倒れ伏した。

◇

「おはようございます、農相！」

農務省に出勤すると、そんな声があちらこちらから聞こえてくる。

「うむ、おはよう。今日も政務に励むのじゃぞ」

わらわは優雅に大臣室に入る。中には、すでにリヴァイアサンの秘書官二人が出勤している。

「おはようございます、ベルゼブブ様」『上司、おはようございます！」

「よし、休日明けじゃし、しっかりやるぞ」

そう、この空間こそが今のわらわにとってメインの戦場じゃ。休日は親を連れ歩くという特殊な戦いになって疲れてしまったが、もうその心配もない。好きなだけ観光して田舎に帰ってくれ。


しかし、二時間ほどが過ぎた時――

どんっ、どん、どどん、どん。

どうにも、野暮《やぼ》ったいノックの音がした。

誰だ、こんなヘタな打楽器みたいなノックをする奴《やつ》は。

直後、ドアが勢いよく開いた。

「お～い、ベルゼブブ、元気にやっとるべや？」

「ベルゼブブ、めぶみひほっけりぐなーら」

両親が入ってきたっ！

わらわは絶望した。

「なんで、ここに来たのじゃっ！　もう、即座に帰るのじゃ！」

だが、わらわを無視して、親は秘書官二人に話しかけていた。

「ベルゼブブがお世話になっとりますべ。親のバンディードですべ。こっちは妻のケントーミですべ。これは地元のお菓子《かし》と自慢の野菜なんで、食べてくだせえな」

一瞬、ファートラが横を向いた。

「ぷっ……ぷぷぷ……」

今、顔をそらして笑ってたな。絶対に笑ってたな。

ただ、そこはさすが、ファートラだ。それ以降は、親にいつもの淡々《たんたん》とした表情で応対していた。

「ありがとうございます。農相の秘書官を務めていますリヴァイアサンのファートラです」

「同じく、リヴァイアサンのヴァーニアです。いや〜、なかなか訛《なま》ってますね。どこの地方ですか？」

「訛ってるってストレートに言うな！

「いやいや、妻と比べたら、全然訛ってないですべ。しかし、農務省の建物って高いですべ。一階から順番にお菓子と野菜配ってまわったけど、くたらくたらのくったくたですべや」

わらわはさらに絶望した。

庁舎の一階からこの調子であいさつしてたのか……。

何かの歴史書に「最大の敵は身内である」みたいなことが書いてあった気がするが、その意味がとてもよくわかった。本音を言えば、わかりたくなどなかった。

「二人とも、今すぐ立ち去れ！　わらわも親を殺《あや》めたくはないのじゃ！　帰れ、帰れ、帰れ、帰るのじゃ！」

泣きながら、わらわは絶叫した。

それからしばらく、ヴァーニアの中で「農相、おはようございますべ～」というあいさつが流行した。

「ヴァーニアよ、それを言うたびにわらわの中にお前への恨みが蓄積しておるからな。それなりの覚悟を持って言えよ……」

でも、ファートラが顔を背けて忍び笑いしているほうがムカつくけどな！

# 監査《かんさ》に行ったら買収されかけたのじゃ

A Deal with the Devil,
Her Dark Ministry, Bumped-Up
**Beelzebub**

「いち、に、いち、に、いち、に!」

最近、わらわは出勤前に城の内堀の周囲を走っている。

いわゆる朝活というやつだろうか。

朝からヘルハウンドの散歩をしている通行人(内堀の外側までは一般人も入れる)が、「おお、ダイエットをしとるのか」と言っていた。

別にダイエットのためではない。スタイルは割といい。

もっと違うことのために頑張《がんば》っているのだ。

ノルマの内堀二周を終えて、木陰《こかげ》で休んでいると、誰《だれ》かが前に立っていた。

「朝から精が出ますねえ、農相のベルゼブブさん♪」

そこに立っていたのはわらわを農相にした張本人である魔王様だった。

魔王のプロヴァト・ペコラ・アリエース。今日は一人で日傘を差していた。

お供もほとんど連れずにお城のいろんなところに出没すると言われている。

事実、わらわも何度も遭遇しているので間違いない。

「これはこれは魔王様」

立ち上がろうとするわらわを、魔王様が手で制した。

「そうやって体を鍛《きた》えてらっしゃるのですね、大臣として恥ずかしくない強さを発揮するために」

「ばれておりましたか……」

「わたくしの部下のことはよ〜くお見通しですよ。千の目を持つと言ってもいいぐらいです」

言いながら、魔王様はわらわの横に並んで座る。

いたずら好きだが、あまり偉そうにしない性格の人だ。

即位当初は不安に思っている魔族もいたが、最近では、やることはやる魔王として評判も高くなってきている。

「腐《くさ》っても大臣ですのでな……。部下に勝てないようでは恥《はじ》をかいてしまいますので……」

そう、役人の間でも、魔族の世界は戦闘力が高いものを讃《たた》える風潮がある。

かつては人間相手に戦っていたから、その名残があるのかもしれない。

大臣クラスは人間を軽く恐怖に陥れるぐらいの力がないとダメだなんてことを、古臭い頭の者は言ったりするのだ。

今でも、大臣になるほどの家系の魔族は、幼い頃から徹底的にしごかれて、腕力も魔力もかなりのものになっている。

いわゆる貴族のボンボンみたいなのは魔族の世界ではいない。

貴族の奴《やつ》はだいたい強い。それがいわば、貴族の義務なのだ。

「近頃は打撃力だけでなく、氷雪魔法をかなり強化できた気がいたします。このまま成長させていって……そうですな、せめて秘書官のリヴァイアサン二人には余裕で勝てるぐらいにはならねば……」

主は部下より強くあるべきだという固定観念が魔族の中では根深くある。

そんなに主が強いなら部下は戦わなくていいじゃないかという話だが、敵と戦う時はまず部下から出るものだ。軍記物も小説もそういう描写が多い。

そして、リヴァイアサンといえば、魔族の中でもかなりの大物だ。

地位が高いという意味だけでなく、サイズ的な意味でも本当に大物である。

人間相手なら一万の兵にも匹敵すると言われている。

昔の人間は空飛ぶクジラなどと形容していたらしいが、クジラなんてちっぽけな動物と一緒にしないでほしい。リヴァイアサンから見れば、クジラごときじゃ大きめの毬《まり》程度にしか見えんだろう。

そんなのより強くなろうとすれば、そりゃ、体も鍛えるしかないのだ……。

焼け石に水でも、水をかけないよりはいい。

「努力し続けていれば、きっとどうにかなりますよ。少なくとも、このわたくしは信じていますから」

魔王様はわらわに微笑《ほほえ》みかけると、またどこかに行ってしまった。

「努力か……努力が報われる日が来るといいんじゃがの……」

◇

わらわが部署を巡回すると、こころなしか空気が引き締まる。

うむ、わらわの威厳も多少は増してきたようだ。親が襲撃してきたせいで一時的に急下落したが……それも、もう持ち直した。

農相になってから八か月ほど。

省内での仕事振りに関しては認められてきた気がする。

この調子なら、来週の一日ぐらい有休をとっても大丈夫かもしれない。

風邪《かぜ》をひいたことにでもして、軽く一日休んでごろごろするか。

一点、問題があるとすれば屋敷が広すぎて、ごろごろしづらいところだ。ごろごろするのはワンルームぐらいのほうがしっくり来るのだ。豪邸でやると、かえって空しさがつのるかも……。

「ベルゼブブ様」

つまらないことを考えていたら、目の前にファートラが待ちかまえていた。

「い、いったいなんじゃ……」

「緊急の仕事が来週、入りました」

「緊急か。まあ、いい。今のわらわは省内のたいていのことには精通しておるからな！」

「いえ、出張です」

げっ……。

出張はまだあまり慣れていない。

ヒラ時代はほぼ出張のない仕事だったのだ。

「監査です。過去に失脚した農務省幹部の親戚が経営しているフルーツ農場に立ち入り検査をします。農場と幹部が癒着《ゆちゃく》していた可能性があるためです」

「それ、ほかの者ではダメなのか？」

「ここは農務省のトップが行くことで、農務省自体が癒着していたわけではないということを民に示す必要があります。なお、魔王様からのご命令ですので」

横からヴァーニアもやってきた。

「上司、ここはぜひ行くべきです！　行きましょう！」

「なんで、お前はそんな楽しそうなんじゃ？　もしかして出張中のご当地グルメ食べ歩きをやるのが趣味とかなのか？」

「場所はフルーツ農場ですよ！　フルーツ食べ放題じゃないですか！」

「いくらなんでも旅行気分が強すぎじゃ！　だいたい、監査先で食べられるわけないじゃろ！」

「いいえ、意外とそんなことないかもしれませんよ。挑戦してみるまで可能性はゼロではないんです！」

なんでそんなところで熱くなっているんだ……。

ちなみにそのあと、ヴァーニアはファートラにきっちり叱《しか》られた。

◇

わらわと秘書官の二人は『ベルガンディル・フルーツ農場』へと向かった。

なお、今回の移動は超大型飛行獣であるリヴァイアサン本来の姿になったファートラに乗った。

「まったくもって空飛ぶ船そのものじゃのう」

わらわは上空からの景色にちらちら視線をやりながら、持ってきていた書類のチェックをしていた。ヴァーニアもその手伝いをしている。

リヴァイアサン本体の上にはいくつも建物が並んでいて、わらわもその中に入っている。

「これぞ、リヴァイアサンの醍醐味《だいごみ》ですからね。大昔は自由に空を飛びまわれたんですが、ドラゴンなどのほかの生物にぶつかる危険もあるので、今では事前に許可を得ないとダメなんですよ」

「リヴァイアサンの世界もせちがらいのう」

こんなのに勝つなんて無理だよな、と内心で嘆息《たんそく》した。

とんでもない修行をしないと無理だ。

いや、修行しても個人が戦艦に勝てるわけないか……。

「だから、姉さんは役人になって、わたしもそれにならって試験を受けたんです。調理師学校を出たら、そのまま料理人になってもよかったんですけど、姉さんがお前は料理はともかく経営のほうが向いてないからやめとけと」

「おぬし、調理師学校を出ておったのか。おぬしが料理上手なのは知っておったが、そこまでガチじゃったとは……」

「はい。わたし、昔から料理には一家言《いっかげん》あるんです！」

まだまだ部下のことも知らないことがたくさんある。

その時、船内アナウンスみたいな音が入った。

『ヴァーニア、私語ばかりで手が止まってるわよ。しっかり仕事しなさい』

なるほど……。ファートラはちゃんと上に乗っておるわらわたちのことも見ているのか。

『今回の農場は本来、三等級程度の果物《くだもの》を一等級として広く売り出し、多額の利益を出した容疑がかかっています。さらに脱税の可能性も指摘されています』

「いろいろと最悪じゃのう……」

『過去にも疑惑自体はあって、監査の手も入ったのですが、二度とも問題は見つからなかったという結果が出ています』

「じゃあ、もうシロなんではないのか？」

『ただ、当時の農務省幹部が妨害したとか、逆に幹部の影響下にある者が監査したとか言われていまして、ここはそういうしがらみが何もない平民出身のベルゼブブ様におでましいただこうという作戦なのです』

平民と言われたのがちょっとムッとしたが、事実なのでしょうがない。

「まあ、じっくりやってやるわい」

しかし、相手企業は疑惑はいろいろと多そうだし、いきなり攻撃されるだなんてことはないだろうな……。

まだまだ魔族の中には血の気が多い者もいる。油断はできない。

『いざとなったら、私とヴァーニアが必ずお守りいたしますのでご心配なく』

やっぱり依然として自分は守られる側なのだな。

『あれ、ベルゼブブ様、何か気分を害されるようなことでも?』

ファートラは自分は鉄面皮なのに、他人の表情には敏感だ。

「自分のふがいなさに意識がいっただけじゃ。おぬしには一切の責がない」


「ようこそ、いらっしゃいました!『ベルガンディル・フルーツ農場』を経営している、ベルガンディルです!」

到着するなり、笑顔で一つ目の魔族のイーヴルアイに迎えられた。

後ろでは「歓迎!」なんてのぼりを持っている社員までいる。

「なんやら予想しておったのと違うのう……」

「私も少し面食らっています……」

いつも冷静沈着なファートラも目をぱちぱちさせている。

その横で、ヴァーニアは「ありがとうございます!」と元気に手を振っていた。

「遠路はるばるお疲れ様でした。まずは事務所でおくつろぎください。その間に監査用の資料の準備をいたしますので!」

わらわはそのまま事務所に連れていかれた。

「ファートラよ、監査とはこういうものなのか？　もっと、ものものしいものではないのか？　わらわの知ってるものとえらく違うぞ……？」

農業政策機構で行っていた監査はせいぜい同じ省内の組織に行く程度のものなので、なあなあで済ませても問題なかった。

しかし、外部の監査となると、意味合いも違うだろう。

「申し訳ありません、私もそこまで監査の経験もなくてですね……」

つまり、監査の素人《しろうと》ばかりということか。本当に大丈夫なのか？

とはいえ、何も出てこなかったなら、それはそれでいいのだ。

とにかく監査をしたという事実が大事なのだ。

「皆様、こちらが事務所です！」

案内された先は温室の庭を見られるガラス張りのカフェみたいな空間だった。

テーブルや柱は純白で、実に明るい。意識高い系の空気がある。

「わー！　これは面白いですね！　しかも、庭にはこのへんには棲《す》んでないカラフルな鳥もいますよ！」

ヴァーニアはもう、骨の髄《ずい》まで観光客気分のテンションになっている。

たしかに南国の鳥など、初見かもしれない。オウムの仲間だろうか？

「これが本当に事務所なのか……？」

「はい、よい環境を用意すれば、仕事の能率が上がるというデータに基づいて設計いたしました！」

半信半疑でカフェにしか見えない席に座っていると、今度はほかの従業員がやってきて「お飲み物です」とフルーツジュースが用意された。

「こちらは農場のフルーツだけを使った生しぼりのフレッシュフルーツジュースです。甘さ控えめで、美容にも効果満点です」

にこにこと経営者のベルガンディルが言う。

「そ、そうか……。まあ、飲み物ぐらいは出てもおかしくはないのう……」

飲んでみると、さわやかで、癖《くせ》のない甘さが鼻に抜ける。

これは絶品だ。

思わず、ファートラと顔を見合わせた。

「ベルゼブブ様、このジュース、本物の味ですね」

「わらわもそう思う」

青果店《せいかてん》の娘なので、それなりにいいものを食べてきたが、これは納得のクオリティだ。

ヴァーニアは早くも飲み干してお代わりを所望《しょもう》していた。

「おぬし、そこはもうちょっと遠慮というものを覚えよ……」

「だって、美容にいいんですよ⁉　飲んでおきたいじゃないですか！」

仕事であるということを忘れすぎだろう、と思いつつも、わらわもお代わりを頼んでしまった。

近所の市場でも取り扱ってほしいクオリティだ。

「ま、まあ、よいわ……。監査をしっかりやればよいのじゃ……」

口をナプキンでぬぐいつつ、わらわは言った。とくに問題はない。

そこに監査用の書類が出されてくる。大半は会計記録のたぐいだ。

ただ、それと同時に変なものが出てきた。

今度はフルーツを盛り合わせたケーキセットだった。

「け、経営者のベルガンディル殿、これはいったい……？」

やはり、ここはカフェなんじゃないか……？

「ほら、監査といえば、細かい数字に一つ一つ目を通さないといけないではないですか。頭の疲労には甘いものが一番です。我が社のフルーツで頭をクリアにしてもらうことで仕事もきっとはかどるはずですよ」

「な、なるほど……。そう言われれば、そうかもしれぬな……」


一瞬、「ちょろいな」という声が聞こえた気がした。


「ベルガンディル殿、何かおっしゃったか？」

「いえ、何も何も。お仕事頑張ってください」

書類を見ながら、わらわもフルーツケーキにフォークを入れる。

口に入れると、驚くほどに美味《うま》い！

「このほどよいオレンジの酸味が甘いケーキと混然一体《こんぜんいったい》と絡みあっておる！　わずかにまぶした砂糖は粉雪のようじゃ！」

「はぅ～！　このクオリティのものは城下町でも出しているところはないですよ！　出張に来てよかった～！」

「ベルゼブブ様、ヴァーニア、ケーキを食べるのがお仕事の目的ではないですからね………お、おいしい……。悪魔的なおいしさ……」

ファートラもこの味には勝てなかったか。顔がゆるんでいる。

わらわたちは顔をほころばせながら、どうにか業務である監査の第一弾をやった。

その範囲ではとくに問題のある点は見つからなかった。


仕事が一段落すると、また経営者のイーヴルアイがやってきて、「気晴らしに農場の見学でもなさいませんか」と言ってきた。

「しかし、それで監査にかかる時間がずれてしまうと、会社にも迷惑がかかってしまわんか？」

「いえ、弊社《へいしゃ》が質のよいフルーツを作っていることを皆さんにご覧いただくことも監査の一部分かと思いますので。三等級のものなど弊社では作っていないことを確かめていただきたく！」

「そ、そうか……。一理あるのう……」

「わーい！　農場見学！　大人の社会勉強です！」

「ヴァーニア、はしゃぎすぎよ。でも……興味深くはあるわね」

なんだかんだでファートラも表情には出さないが、楽しんでいるのがよくわかった。

また、経営者が「マジちょろいな」と言った気がしたが、空耳だろうか。

案内されたところは温室の中だった。

「魔族の土地は北に位置し、寒冷なので、こうやって温室を作ることで南方の様々なフルーツを供給しているのです」

そう経営者が説明を加える。

たしかにフルーツもまたカラフルで、いかにも南国っぽさがある。

「姉さん、姉さん！　おっきい鳥が背中に乗りましたよ！」

「もう少し声をセーブしなさい。それと、あとで、私の背中にも乗せてね」

結局、乗せるんかい。

どうやら姉妹旅行になってるな。官僚は忙しいから、こういうところで息抜き旅行をするべきなのかもしれない。

いや……違う、違う、旅行ではないぞ。仕事だぞ。

「ベルガンディル殿、そろそろまた監査に戻らないとまずいかと思うのじゃが……」

「はい、わかりました。では、事務所へ行きましょうか」

今度は高級ミックスジュースを出されて、わらわたちは会計記録を調べた。

とくに不透明な金の流れみたいなのはない。

「適宜《てきぎ》、休憩をはさみながらとはいえ、だんだんと目が疲れてはきますね」

真面目《まじめ》なファートラは短時間で一気に集中して作業をするタイプだが、分量が多すぎるうえに出張中なので、ペース配分を間違えてしまっているようだ。

「わたしは寝落ちしそうになりました……」

「ヴァーニア、お前は論外じゃ。寝るな。そりゃ、地道な作業じゃし、眠たくなるのはわからんでもないがの……」

わらわもあくびをしそうになるのを必死にこらえる。地道な作業はヒラの時に長い間やっていたからまだ耐性はある。とはいえ、耐えられるかどうかと面白いかどうかは全然別の話だ。

それでも、監査中にわらわが寝たら、農務省全体の恥になる。

ここは我慢《がまん》、我慢……。

そこにまたイーヴルアイのベルガンディルがやってくる。

「お疲れのようですね。我が社ではエステ担当の女性職員もおりますので、エステはいかがですか？」

一瞬、笑顔になりそうになるのをどうにかこらえた。

「むぅ……気持ちはうれしいが、そこまでいくと接待になるのでは……」

「集中力が途切れて見落としが発生したらなんにもなりませんよ。体の老廃物《ろうはいぶつ》を取り除いて、また気分一新お仕事をされるのがよいかと」

ううむ、言葉巧《たく》みに操られているような気がしないでもない。

このあたりで止めないと戻ってこられなくなるのでは……。

「そういう考え方もありますね。お願いできますか？」

お固いはずのファートラがうなずいていた！

いや、逆に考えよう。

ファートラがいいと言っているのであれば、それは問題ないということでは？

「わかった。それではエステとやらをお願いしようか」


にやっと経営者が笑った気がしたが、これも気のせいだろう。


——エステは一言で言うと、天国だった。

魔族が天国というのもおかしいが、それぐらいに気持ちよかった。目元にあつあつのタオルを載せて、うたた寝している間に施術《せじゅつ》が終わった。

たしかに体が軽いし、以前より小顔になったような。

「上司、すっごくかわいくなってますよ！」

「ヴァーニア、お世辞《せじ》は通用せぬぞ。でも、おぬしも肌に張りが出ておる気がするぞ」

「私って仕事の疲れがなかったら、もっと輝けるんじゃ……」

結局、三者三様にわらわたちは満足していた。

ヒラの時代はこんなエステなどほとんど選択肢にも入れてなかったというか、そのお金で安い酒とつまみを買って家で飲んでいたが、こういう幸せというのもあるんだな。

ほくほくになった体で、また書類のチェックをしていたら、夜になってしまった。

「う～ん！　ひとまず、お仕事はこれでおしまいですかね！　残りは明日の午前中だけです！」

ヴァーニアが伸びをする。たしかに業務としては終わりにしていい時間だ。

「じゃあ、食事に行くとするか。さすがに監査先でおよばれにはなれんから、外の店に行くぞ」

地方なので店舗は少ない。なので、あまり選択肢もなかったが、ちょっとこじゃれたレストランがちょうど一軒あった。

監査先から出たという意識になったせいか、頭が少し冴《さ》えた。

今日は監査先とひっつきすぎた気がする。接待まがいのこともされてしまった。

この反省は明日に生かそう……。

監査一回でわらわの成績がどうこう影響することはないだろうが、こういう小さいことを一つずつ確実にこなしていかないと、すぐになあなあになってしまう。

とくにわらわは大臣だからな。

褒《ほ》めてくる奴はいくらでもいる。流されやすい立場だ。

本当に心から尊敬されて褒められるならいいが……わらわの実力は魔族の中ではたいしたことのないものだ。後ろで舌を出されているかもと思いながら持ち上げられているのは、なんとも気持ち悪い。

わらわはテーブルに左肘《ひじ》をついて顔を乗せた。

分相応《ぶんそうおう》には強くならんとな……。

皿を持った店員が近づいてきた。おっ、料理が来たか。

——しかし、そこで奇妙な事態が起こった。

明らかに注文した料理よりも豪華なものが出てきている。

それも一皿や二皿じゃない。

すぐに皿でテーブルが埋まってしまった。

「あれれ……わたしたち、こんなフルコースみたいなのを頼んでましたっけ?」

「ヴァーニアがやってないなら、誰もやらないわよ」

わらわはおかしいと思い、店員に間違いではないかと尋ねた。

「ああ……実はちょうど当店五千組目のお客様なので、同じ値段で特別コースをお出しさせていただいているんです」

そう店員は言った。

変に目をそらしながら。

後ろめたいことがある時の態度だ。

わらわは確信した。

どう考えても、おかしい。

しかし、突っ返すのも悪いから、食べるか……。

しばらく後、ヴァーニアはいい感じで酔っ払って、ファートラは食べ過ぎで苦しそうにおなかをかかえていた。

今日はこの二人はもう使えないな……。

わらわはというと、腹八分目で、酒もほぼ飲まなかった。

◇

その日、三人で宿に一度チェックインした後、わらわは単身、農場に戻った。

そして残業していた社員に詰め寄った。

「経営者殿はまだいらっしゃるか？」

「いえ、もう退社しているかと……。ご用があるなら、また明日いらしていただければ」

わらわはにやりと笑った。

そう、経営者がいない今の時間こそ隙がある。

「別に彼がおらんでも問題はない。監査用の書類は出してもらったのじゃが、書類自体が入っておった書庫に案内してくれんかのう」

「えっ!?　今からですか!?」

「夜に監査をやってはダメというルールなどないのじゃ。とっとと開《あ》けよ。なあに、個人的に抜けておったところをチェックしたくなっただけじゃ。じゃから一人で来ておるじゃろう？」

その社員はしぶしぶ書庫を開いた。

小さなカンテラの明かりだけをたよりに、わらわは気になっていた時期の会計記録を入念に確認する。

いくらなんでも我々は接待されすぎた。善意で片付けるのは無理だ。

必ず、何かがある。

そして、十五分ほどたった頃――

明らかに奇妙としか言えない金の流れを突き止めた。

「がぱっと会社の金が出ておる。そして、何に使われたかがさっぱりわからん」

書庫内の小さなテーブルの上で書類をチェックする。ここに異常があることだけは確実だ。

と、書類に重なるように影がかかった。

イーヴルアイの経営者、ベルガンディルがそこに立っていた。

「農相、こんな時間までお仕事熱心なことです。その身分でこんなつまらない作業をなさらなくても」

その言葉はどことなく皮肉が交じったものに聞こえた。

「ふん！　わらわは突然引き立てられたにわか貴族じゃからな。会計処理業務も長らくやっておったのじゃ。食費一回分にもならんお金が合わないということで、帳簿を何度も洗い直しまくったこともあるわ。そのせいで、どこが臭いかわかるんじゃ」

「何か不自然な点がわかりましたか？」

「細かな調査はまたせんとならんが、おぬしが親戚の農務省幹部と不透明な金のやりとりをして便宜を図ってもらったところまでは、ほぼ確実じゃろう。その他、産地偽装に賞味期限切れのものの使用、いろいろやっとるのかもしれんが、ここから先は会計検査局と警察の仕事じゃな」

「ついに突き止められましたか」

何かをベルガンディルは持っている。

鈍器か？　この場で殴り倒すつもりか？

わらわは身を固くする。

これでも魔族の大臣だ。こんなイーヴルアイなどに負けはせん！

しかし、それは鈍器にもなる代物だったが、そんなふうにベルガンディルは使わなかった。

「これで話をつけませんか？」

そう言って、ベルガンディルは持っていた金塊をテーブルに置いた。

さらに金塊を積み上げていく。

やがて、三角形の金塊の山ができた。これだけでどれほどの金額になるだろうか。

「ベルゼブブ様、いえ、貴族ですからベルゼブブ卿《きょう》と言うべきですかな。あなたは貴族になったばかり。経済基盤もまったくありません。その基盤、この農場が作って差し上げることもできます」

「これでわらわを買収するつもりか？」

わらわはそのイーヴルアイをにらんだ。

「はっきり申しまして、私はあなたに同情しております。後ろ盾も何もない状態で、農相に祭り上げられても、抵抗勢力はいくらでもありますし、都合が悪くなればいつでも切られかねません。来年、再来年のうちに今の地位を追われることだってありえます。せめて引退後のために貯金をしておくべきではありませんか？」

「それ自体は正論じゃ。わらわなど、吹けば飛ぶハエみたいなものじゃ」

わらわはゆっくりと金塊に体を近づける。

「そうです。この農場と一緒に栄えましょう！」

そして――

わらわは右手でその金塊を払いのけて、吹き飛ばした。

「舐《な》めるでない！　わらわは腐りかけの果物も大好きじゃが、性根の腐った連中とつるむ気などないわ！　汚い言葉を聞いた耳を洗いたいから、冷たい水を持ってまいれ！」


イーヴルアイの表情がさっと冷徹なものに変わった。

吹き飛んだ金塊を拾い、ぎゅっと握り締めている。

「庶民あがりが調子に乗りやがって！　ここで死んでもらうぞ！」

イーヴルアイが金塊を振り上げる。やはり、鈍器としても使う気か。

まずい！　もっと離れていればよかった。魔法を唱《とな》えようにも間に合わない！

最初の一撃はどうにかかわす。

金塊は武器じゃないからリーチも短い。それが幸いした。

だが、室内で、とても戦闘ができる環境ではないことに変わりはない。

すぐに体が棚にぶつかる。

「この狭さでは、魔法陣も描けぬっ！」

「そうだ！　お前は袋のネズミだ！　さあ、痛い目に遭ってもらうぞ！」

イーヴルアイがゆっくりと近づいてくる。

どうする？　いちかばちかでこちらから接近するか？

いや、その前に殴られる……。空を飛ぶにもスペースがない……。回避できるスペースも、今度こそない……。

「死ぬ前に大臣になれて、よかったな！」

イーヴルアイが金塊を振り上げる。

だが、その金塊がわらわに叩《たた》きつけられる前に――

そいつはゆっくりと前のめりに倒れた。

奥にはリヴァイアサン姉妹二人の姿があった。

「ベルゼブブ様、このような単独行動は困ります……」

「いやー、間一髪でしたねー。でも、終わりよければすべてよしですよねー」

「ファートラ、ヴァーニア、おぬしら来てくれたのか⁉」

こくこくとヴァーニアが楽しそうにうなずいていた。

「真面目な上司が行方不明となれば、現場に戻るのが自然じゃないですかー」

「酔ったあなたは道を間違えかけてたけどね」

ほっとしたら、腰が抜けて、わらわはそこに尻もちをついてしまった。

「立てますか？　いえ、立てないからこうなってるんですかね」

そんなわらわをファートラは担ぎ上げる。

ほっとしたあとに、じわじわと情けなさがこみあげてきた。

魔族の大臣なのに、なんとも弱い。

「すまんのう……。わらわは魔族としての実力はまだまだなのじゃ……。とてもリヴァイアサンの二人には勝てぬわ。ベルゼブブという名前に負けておる……」

「勘違いしないでください」

少し、つんとした声でファートラは言った。

「私は農相としてひたむきに政務を行っていらっしゃるベルゼブブ様に仕えているのです。力にひれ伏しているのではありません」

「ベルゼブブ様がかなわない時はわたしたちが支えますからねー！」

「おぬしら、ありがとう、ありがとうな……」

わらわはがらにもなく、泣いていた。

監査で不透明な金の流れが突き止められ、そこから多数の逮捕者が出た。

表では言えないが、ざまあみろと思う。魔族は滅びなくても、悪は滅びるのだ。

◇

あれから数か月後――

「ていっ！　ていっ！」

わらわはファートラとヴァーニアと一緒に組み手を行っていた。

まずはキックやパンチの威力を高める特訓だ。

必ず、中ボスクラスの力を持った農相になる！

「いいですよ、ベルゼブブ様」

攻撃を受けているファートラは褒めて伸ばそうとしてくれる。

「これなら農務省の課長級の実力です」

「まだ課長級かぁ……。先は遠いのう……」

がっくりきそうになるが、めげない。めげてたまるか。

「いえいえ、上司、強くなってますよ！　上司が三人いたらわたしは負けちゃいますね～」

「その前提が謎じゃ！　別にわらわは一グループ三体で出現したりせんぞ！」

ヴァーニアの褒め方はどっかずれている。

「でも、前のムカつくイーヴルアイぐらいなら、簡単に倒せる実力になってますよ～」

わらわは手を止めた。

「それはまことか？」

「私もそれは確約いたします。ベルゼブブ様はたしかに強くなっています」

ファートラに言われたので、多分本当なのだろう。

よし、まだまだ強くなるぞ。

立派な、誰にも負けない農相になるのだ。

あれ……。

いつからわらわはそんなものを目指していたんだ……？

ぐうたらヒラ役人をやっていたはずなのに……。

そこに、また日傘を差した魔王様が通りがかった。

わらわたちは、練習の手を止めてさっと敬礼する。

「おはようございますなのですじゃ」

魔王様は微笑みながらわらわのほうに近づいてきた。

また何か企んでいる気がする……。

「ベルゼブブさん、命令です。少し、そこで頭を下げていただけませんか？」

そう笑顔で言われた。

頭が高いということだろうか？　どちらにしろ命令だから拒否権はない。

「……わかりましたのですじゃ」

わらわは背中を曲げて、体を斜めにする。

「はい、よくできました♪」

魔王様の手が伸びてきて――

なぜか、ぽんぽんとわらわの頭を撫《な》でた。

「魔王様……？」

「そうそう。そうやって努力し続けていれば、きっとどうにかなりますからね。ベルゼブブさんはわたくしが見込んだ方ですから」

魔王様は魔王のくせに小悪魔みたいにくすくすと微笑した。

「もっと強くなって、わたくしの右腕になってもらわないと困ります」

そして、魔王様は日傘の向きを少し変えて、行ってしまった。

わらわはよくわからんと首をかしげた。

「ベルゼブブ様、魔王様に好かれていらっしゃるのですか？」

そうファートラが尋ねた。

「ぶっちゃけ謎じゃ。わらわもあの方のことはよう知らんしな」

「最初から、ベルゼブブ様の素質を魔王様は見抜かれていたのかもしれませんね」

素質か。

あったらうれしいが、なくてもやることは一緒だ。

「さあ、続きをやるぞ！　今月中に部長級の強さを身につけるのじゃ！」

わらわは足を大きく振り上げて、キックをヴァーニアに仕掛ける。

「上司、いいキックです！」

ヴァーニアが腕で受ける。

——と、ぐにっ、という感触があった。

直後に言葉にできない痛みが広がった……。

「指が変な方向に曲がったのじゃ！　曲がったのじゃ！」

わらわは地面をごろごろ転がる破目になった。

ボスとして戦わないといけない時代じゃなくて、よかったと思う……。

驚くほど美味いのじゃ!!
注：公務視察中です
ヒラ役人やって1500年、魔王の力で大臣にされちゃいました
She works as a public employee for 1500 years

エステで私、もっと輝けるんじゃ…
このジュース、本物の味ですね！

# 魔王様と植物採集に出かけたのじゃ



ヴァンゼルド城下町のあたりはあまり雨が降らない。降ったとしても霧雨《きりさめ》ぐらいのものだ。

その時も、ランニングでぬくもった体に霧雨がかかって、ほどよく熱を奪ってくれていた。

「快適じゃ～。そのせいか、いつもより速度も出ておる気がするわ～」

朝活のランニングも生活に定着したので、疲れもない。

誰《だれ》にも笑われない立派な魔族になるのだ！

すると、散歩をしている魔王様の姿が目に入った。

ただ、今日はいつもの日傘ではなく、雨傘だけれど。

わらわは魔王様の前でまた膝《ひざ》を突いて座った。スルーするということは、いくらなんでもできない。

「あらら、ちょっと道もぬれてるのに、そんなことしなくていいですよ～」

魔王様はさっと雨傘をわらわのほうに差し出した。

「いえいえ、礼は守らねばなりませんので。そこをおろそかにすることは許されません」

「う～ん、ベルゼブブさん、堅すぎますよ。でも、そんなところも魅力的なんですけどね」

魔王様は今日もにこにこ笑っているが、本当のところ、何を考えているのかよくわからない。

人前で笑顔を絶やさないキャラはだいたいその本性が恐ろしいので油断はできない。

事実、近頃では魔王様を軽んじるような魔族はいなくなっていた。大臣クラスも緊張感を持って魔王様と対面している。

ちなみにわらわの場合は最初から軽んじる余裕なんてなかった。

自分には背後に派閥みたいなものもない。ほかの大臣がいわば軍団を持っているところに、こちらは自分一人。よくてファートラとヴァーニアの二人がいるだけだ。

なので、魔王様と会う時にも気をつかう……。

よく遭遇するので、大臣になった当初と比べればまだマシかもしれないが。

「わらわは魔王様に引き立ててもらわなければ何もできない立場ですので。魔王様には従うしかないのですじゃ。よろしくお願いいたします」

これぐらいは言っておいてもいいだろう。

「ほほう、わたくしに従うしかないんですね。そうですか～♪」

魔王様がくすくすとさっきまでと質の違う笑みをこぼした。

あっ、これは失言だったかもしれない……。

「では、今日は一日、わたくしについてきてもらえませんか？　ちょうど農業部門で詳しい方がほしかったんですよ」

「いえ、わらわは今から農務省に出勤しなければ――」

「それは魔王の命令で、中止ということにしましょう♪　代行で決裁する権限をファートラさんに与えておきますね～♪」

話がどんどん進んでいく！

もっと表現に慎重になるべきだったか……。この人は従いますと言ったら、じゃあ従ってねなどと言ってくるタイプだった……。

もっとも、どのみち従ってねと言われたら、従うしかないのだが。だって、魔王様なんだし。

「それじゃ、ベルゼブブさんが今日お仕事を休めるように取り計らっておきますから――」

魔王様は少し離れたところにある東屋《あずまや》を指差した。

「あそこで雨宿りでもしていてください。すぐに戻ってきますから♪」

「あの、わらわは何の準備をしておれば――」

「必要ないですよ♪」

もう、魔王様はスキップしながら城のほうに向かっていった。

何が起きるのかわからないが、厄介事に巻き込まれたことだけは確実だった。

◇

しばらく、東屋でぼうっとしていると、魔王様がやってきた。

「お待たせしました。では、出発しましょう！」

わざとらしく、魔王様は右手を振り上げる。

「出発といっても、どこへ？　いえ、その前にどういったご用件なのですか？」

情報をほぼ何も与えられてないので、そわそわする。

「ほら、お城の敷地内に薬園《やくえん》があるじゃないですか。あそこに植える植物を探したいなと思ってたんですよ」

想像以上にまともな理由だった。

薬園というのは城の庭園横にある、いわば植物園と農場を足したような施設だ。

城の中は広いから、もし籠城《ろうじょう》して敵と戦うような場合、食べるものがいる。そこで緊急時に収穫できるように野菜などを植えている。

その他、毒になる植物なんかも植えてある。それは毒薬を作ったりする時に材料にするらしい。

当然、植物園としての意味合いも持っているし、城に勤務する大半の魔族はそのように認識しているだろう。

で、薬園は農務省の管轄なので、わらわが出向かないといけない。筋は通っている。

ただし、城の中のものは魔王様のものでもあるので、魔王様が植えたいと思ったものはどんな植物にも優先して育てられる。庭園のほうが魔王様の趣味で改造されるのと似ている。

「ちなみに、どんな植物をお求めになるおつもりですか？」

「そ・の・ま・え・に！　クイズです！」

これは臣下を試そうということか……？

「薬園に植えてある植物名をできるだけたくさん言ってください！　さん、はい！」

「え？　魔族ニンジンに、魔族タマネギ、北方莢厚豆《さやあつ》、寒冷地小麦、寒冷地大麦、魔族トウガラシ、化け物トウガラシ、魔族ナス——」

いきなりのことでびっくりしたが、わらわは延々《えんえん》と植物名を言っていった。

なお、魔族ナスでも、品種改良の結果、大きいのや小さいのや赤いのがあるといったように、細分化が進んでいたりするのだが、そういうのはきりがないので省《はぶ》く。

毒草のたぐいは当然、食事に使わないのであまりなじみがない名前が多いが、出てこないというほどでもなかった。

しばらく名前を列挙していると、魔王様から拍手が起こった。

「すごーい！　そんなにたくさん覚えてるんですね！　薬園勤務の研究者の方かと思いましたよ！」

「農相になった時に、覚えておいたほうがいいことは覚えるようにいたしましたので」

褒《ほ》められて、悪い気はしなかった。

無論、わらわは植物マニアなどではない。よく行く店の地獄パスタにどの種類のトウガラシや香辛料が使われているかも気にしていなかったぐらいだ。

ちなみに、トウガラシはかつては魔族の土地には寒くて生えてなかったらしい。どこかの土地から持ってきて品種改良して育てているということだ。

青果店《せいかてん》の娘なのに、この薬園で初めて見た野菜も多い。ちょっとだけショックだった。

しかし、農務省のトップに立つことになってしまった手前、農務省の諸々《もろもろ》には通じていないといけない。だから、薬園の植物も丸暗記した。

覚えてる最中はこんなことしても試験に出るわけでもないのに……と、むなしさを感じたこともあったが、まさか本当にここで試験が課されるとは……。

人生、何が幸いするかわからないものだ。

「うんうん、ベルゼブブさんは頑張《がんば》り屋さんですね。そこはとことん評価に値します。わたくし好みでもあります♪」

最後の一文が気にかかるが、評価されたということだから、喜んでいればいいのだろうか。

「ベルゼブブさんの能力の高さがわかったところで、出かけるとしましょう♪」

魔王様は東屋の外に向けて、傘を開く。

「いえ、魔王様、出かけるってどこにですか？」

ヴァンゼルド城から行ける範囲となれば知れている。

もちろん、郊外にも農場程度はあるが、そうなると小旅行になる。

「ついてきてくれればわかりますよ」

ぐいっと、魔王様はわらわの手を引いた。

従うしかないのだと、わらわは自分に言い聞かせた。

◇

魔王様に連れてこられたのは――

城の地下五階の廊下だ。

わらわがこれまでほとんど来たことのない場所だ。だって、用事なんて発生しないし。

「こんなに城の地下って広がっておったんですな……」

ずっと先まで続いている廊下には、誰かが管理しているのか、カンテラの明かりが等間隔でともされている。

とはいえ、全体的に薄気味悪い。

「そうですね、省庁の建物に勤務している方はあまり知らないみたいですね。知ってたとしても、道を正しく把握してる方はほぼ誰もいないらしいですけど」

魔王様はいまだにわらわの手を引っ張ったままだ。

立場が逆な気もするが、初見の場所なのでこちらのほうからエスコートすることもできない。

「あくまでもこのお城は、敵の攻撃を防ぐものですからね～。大迷宮になってるんです！」

「なるほど……。そういや、城ってダンジョンでしたな……」

わらわはあっけにとられていた。

いったい、どれだけの時間をかけたら、これほどの規模のものが作れるのか。予算はいくら必要なのか。

うっ……今は予算のことは考えないようにしよう。

大臣になったせいか、お金に意識がいってしまう……。

「昔の魔王は建築マニアだったんでしょうね～。かなり複雑《ふくざつ》で、自分がどこにいるか、わからなくなってきますよ」

「はい、わらわはすでにどこだかよくわかってないです……あれ？」

わらわは根本的な疑問に気づいた。

「地下に潜りまくっても植物は生えてないですよね？　それとも貴重なカビでもあるんですか？」

「はい、この地下には生えてないですよ～♪」

わらわの頭に「？」が浮かぶ。

ならば、わらわはどこに連れていかれようとしているのか……。

しかし、答えは唐突に出た。

「ええと、たしかここだったと思うんですよね～」

魔王様が開《あ》けた扉の先はやけにキラキラ輝いていた。

床に描かれた魔法陣が発光しているのだ。

「内容からして……移動用のものですかな……？」

「ご明察です！　はーい、ワープしますよ！　よいせっと！」

魔王様はわらわの手をさらに強く引っ張って、魔法陣の中に入った。

◇

背の高い松林がはるか彼方《かなた》まで続いて、地面は薄い氷で覆われている。

わらわたちが出たのはそんな場所だった。

「うわ！　寒い……。薄着だからつらい……！」

わらわは思わず、両手で体を縮めた。城下町の気温と違いすぎる！

「ちょっと、ちょっと～。そこで手を離さないでくださいよ。我慢《がまん》してつないでてください」

魔王様に手をつなぎ直された。そういえば、寒すぎて、手を離していた……。

「にしても、城の中からこんなところに出るなんて……。考えてもいませんでした……」

「トップシークレットですからね。実はいろんなところへ移動するルートは確保してるんですよ～」

トップシークレットを聞いてしまった。

でも、わらわも大臣だから知っててもいいのか。

「松の下を見てください。こんなに冷えるのに、氷を破って必死に生えているキノコがありますよね。そういうのを採集しますよ」

たしかに、木にへばりつくようにして、キノコや草が顔を出したりしている。

魔王様は用意していた布の袋に草やキノコを引き抜いては入れていた。

「ああ、やっと農務省の仕事っぽくなってきました」

「当然ですよ。ちゃんとしたお仕事なんですからね。遊びじゃないですよ」

完全に魔王様の悪ふざけだと思っていたが、案外真面目《まじめ》にやってくれるようだ。

とはいえ、あまりにも寒いけど……。

そこに凍《い》てつくような風が吹きつけてきた！

否、本当に髪がちょっと凍てついていた……。

「これはもう無理ですじゃ！　戻りましょう！」

「えっ？　これぐらい、どうってことないですか？」

魔王様は平気な顔をしている。強がりの様子もない。

これが魔王の実力なのか……。変なところで能力の違いを感じてしまった。

「ベルゼブブさんがつらそうなので、次の場所に移動しましょうか」

「次の場所？」

とっても嫌な予感がする。

「はい♪　一度、魔法陣でお城に戻って、違う移動用魔法陣でほかのところにワープしますよ」

「次はどんなところですか……？」

事前に聞いておかないと安心できない。

「寒くはないです！　そこは断言できます！」


そして、またお城の地下深くの怪しい一画にあった魔法陣で飛んだ先は――

緑が濃い森の中だった。

木はあまり高くなく、どれもこれもぐるぐるとツタが絡まっている。

「寒くはないですな。ただ、じっとりとタチの悪い暑さを感じますが……」

「ここには、おいしい木の実がありそうじゃないですか。しっかり、探しますよ！」

さっきのクソ寒いところと比べれば、探索のしがいはありそうだ。

そのまま城の薬園に植えても気候が違うので枯《か》れてしまいそうだが、そこは品種改良でどうにかしてもらおう。

魔王様はわらわを引っ張って、森の中へ中へと進んでいく。

この行動力は素晴らしいものがある。城に引きこもっているよりはいいんじゃないか。

だが、何かおなかに圧迫感があった。

太い綱のようなヘビが体にからみついていた！

「魔王様、ストップ、ストップ！　巨大なヘビに巻き付かれておりますのじゃ！」

「あ～、そのヘビは毒はないようですから焦らなくていいですよ。相手を絞め殺そうとするだけです」

「じゃあ、危機的状態です！　焦りま…………う、ぐぅ……」

じわじわ体が苦しくなってきた。

「だから、落ち着いてくださいよ、ベルゼブブさん」

これで落ち着いていたら、それは自殺志願者だ！

「そんなヘビに負けるほど弱くないはずですよ。ひきはがせばいいんですよ」

その言葉でわらわは我に返った。

そうだ。わらわはトレーニングを重ねてきた。

こんなヘビにやられるほどのザコではない！

「ぐぬぬぬぬっ！」

わらわはヘビを外側に向けて引っ張った！

「くおらあっ！　魔族を舐《な》めるなっ！　たかがヘビごときがっ！」

突然、締めつけがゆるんだと思ったら、ヘビが体を伸ばしてじたばたもがいていた。

このままでは自分の身のほうが危ないと認識したらしい。

「もう、悪さをするでないぞ」

わらわが地面に投げ捨てると、ヘビは森の奥へと逃げていった。

「そうそう！　ヘビに負けることなんてないんですよ♪　このまま、いきますよ〜♪」

また、ぐいっと魔王様に手を引かれた。

「わかりました……。どこまでもお供させていただきますのじゃ……」

「今、いいことを聞きました」

あっ……。

失言だ。どうして、わらわはこういう隙を作ってしまうのか。

それとも、こんな隙の多さも自分がまだ未熟な証拠なのか？

そのあと、ヘビには出くわしたが、すべて蹴散《けち》らした。

文字どおり、蹴ったら逃げていくのだ。こいつは獲物にはできないとわかるのだろう。

その都度、魔王様が「いい蹴りっぷりですよ〜♪」などとお褒めの言葉をかけてくれるのは、そんなに悪いものでもなかった。

「ところで、魔王様、さっきからヘビに攻撃されているのを見ておらぬのですが、ヘビ除けの薬でも塗られておりますか？」

だとしたら、不公平というものだ。魔王様が襲われたら守るしかないが、便利なアイテムがあるなら使わせてほしい。

「あ～、不思議とヘビのほうからよけていきますね～」

動物は強者を本能的に知るという理論か！

じゃあ、ヘビはわらわのほうならワンチャン倒せるかもと思って寄ってくるのか。そう考えるとムカついてきたので、ヘビを発見したら、こっちから攻撃していくことにした。

「どこじゃ、どこじゃ～？　半分にかっさばいて焼いて食ってやるぞ～！　ヘビの肉は美味だという話じゃから、躊躇《ちゅうちょ》せずに食うぞ～！」

「ベルゼブブさん、少しはしたないです。そこは清楚《せいそ》さを意識してください」

さっきまでより魔王様の目がマジだった。

「わ、わかりました……」

本当はよくわからないが、何か気に障ることをしてしまったらしい。

「いいですか？　ベルゼブブさんはわたくしの部下で、かつ、年上でもあるんです。臣下として忠実に仕えつつも、お姉さんぽさも出してください。そうですね、魔王をエスコートしているのだという心がけを忘れないように」

「そう言われましても、わらわの手を引っ張っているのは魔王様ですので、エスコートというのはその時点で無理が――」

「それでも自分が年上なのだ、お姉様なのだという意識を持つことが大切なんです！　ハートですよ、ハート！」

魔王様は心臓のあたりに手を当てて語った。

人にはそれぞれ譲れないこだわりのようなものがあるらしい。

密林では様々な植物が採集できたし、上出来と言ってよかったが――

「かなり、体中がかゆいのですじゃ……」

「蚊《か》にしっかりやられてますね～」

わらわは数えるのが嫌になるほど蚊の餌食《えじき》になっていた。

「魔王様は大丈夫でしたか？」

「不思議と、わたくしのところには寄ってこないんですよね～♪」

蚊すら強者を知るのか！

◇

それから先も移動用魔法陣を使って、わらわと魔王様は変な土地に飛んでいった。

三箇所目は崖の上の、ほんのわずかな平坦地だった。

「うわっ！　背中がすうすうして怖いですじゃ！」

「いえいえ、空を飛べるから問題ないじゃないですか。絶景を楽しめるだけお得ですよ～」

魔王様はどこにワープするか知っていることもあって、落ち着いて、いつものマイペースを保っている。

「それはそうですが、ところでこんなところに移動したわけは……？　植物もここには――」

「ほら、崖の上にだけ咲くという、重い病気の幼馴染み《おさななじ》の女の子を助けられるという伝説の花があります！」

「なんで、助けることができるのが幼馴染みの女子限定なんですか？」

可憐《かれん》な黄色い花が数本だけ咲いているのは見ていて心がなごむが。

――と、崖から手が上がってきて、びくっとした！

ただ、謎はすぐに解けた。

人間の若い男が崖をよじ登ってきたらしい。

ということは、ここは人間の土地なのか。

「あら、人が来るなんて奇遇ですね～。こんにちは～」

魔王様は道で会ったみたいなノリで男にあいさつをしながら、黄色い花を根っこからどんどん引き抜いている。薬園に移植するのだろう。

数が限られていたその花はすぐになくなった。

「ああああっ！　その花を全部取られたら、病気で苦しんでる幼馴染みを助けられなくなります！」

なんちゅう、劇的な場に出くわしたのか！

「え〜。でも、こういうのって先行者利益だと思いますし〜。ほかにも崖はありますし、そっちに登ってもらえませんか〜？」

「魔王様、あげましょう！　一本あげても罰《ばち》は当たりませんよ！」

ここで根こそぎ持っていくのは、やってはいけないことの気がする！

「じゃあ、こうしませんか？　その男の人がわたくしに勝てたらこの花をあげるということで――」

「それ、チャンスを与えてるようで、さっきより残酷になっておりますじゃ！」

魔王様に勝てる人間なんていない！

わらわが交渉して、どうにか人間の男に花を一本あげることに決まった。

「ありがとうございます、天使様。これで幼馴染みの恋人を助けることができます！」

男にやたらと感謝された。

「天使ではないのじゃが……ま、まあ、似たようなものじゃな……」

「この崖に登って生きて帰ってきた者はいないという話ですが、天使様のおかげで花を取って戻れそうです！　ありがとうございました！」

男は感動して泣きながら崖を降りていった。泣きながら降りると危ないぞ。

「魔王様、人間でここに来て生きて帰った者はおらんそうですが――もしかして」

わらわは魔法陣に視線を落とした。

「あ〜、魔法陣を踏んで、お城の地下に出てきちゃったケースがありますね。昔は人間と戦争中だったので、帰国させてもらえなかったそうです」

人間からすると、実質、一方通行なんだな……。

その次に移動したのは、砂漠の中だった。ここも砂が熱い。

「砂に魔法陣が埋まると、その上に出てくるんですよ～」

足下が砂の山なので、この下に魔法陣があるのだろう。

「なるほど、これまでと違って、まったく魔法陣が見えませんものな」

「ベルゼブブさん、帰りは砂を掘って魔法陣を出してくださいね？」

「地味《じみ》につらいやつ！」

そのあと、砂をかいてもかいても、すぐに横から砂が入り込んでくるという地獄の苦しみを味わった……。

「終わらない……。ちっとも終わらない……」

「ほら、年下の妹分のためだと思って、頑張《がんば》ってくださ～い♪」

「魔王様のためとはいえ、これはきついです……」

わらわは心を無にして、砂漠に埋もれた魔法陣を発見した。

途中でいなくなった魔王様は、どこから採集したのかというほどに、いろんな植物を持っていた。

◇

魔王様とわらわはまたも城の魔法陣の前にいる。

城内でもとんでもなく深い層にある魔法陣だ。

もはや地下何階かも覚えていないほどに階段を下りた。

「次が本日最後のところですよ～」

「ようやくラストなんですな……」

顔をぱんぱんと叩《たた》いて、もう一度気合いを入れなおす。

これで終わりだと思えば、乗り切ることもできる。それにどこに移動しようと死ぬようなことはないはずだ。ただ、厄介なぐらいだ。

また、魔王様に手をつながれて、わらわは移動用魔法陣の中に入った。

移動した瞬間――

水が肺の中に入った！

激しくむせた。

ここ、海底だ！　光が入り込んでいるし、そんなに深いところじゃないと思うが、それでもきつい！

一方で、横にいた魔王様はマイペースに海藻を採集している。

いや、それ、薬園に植えても絶対に育ちませんから！

「べぶべぶぶふぁん、ぼっほふぁっへくはふぁふぃへ？」

笑顔で何か言われたが、何も聞き取れない。

そこに殺気のようなものを感じた。

サメがこっちにやってきている！

ふん、だからどうだというんだ。サメごときに、わらわは負けん！

わらわはパンチをサメの頭に繰り出す。

ぽこん。

しまった、水中だから威力が出てない！

一転して大ピンチの気がする……。

サメが口を大きく開けた。

わらわはどうにか泳いで逃げる――つもりなのだが、まだ魔王様が手をつないでいる！

「まふぉうさふぁ、ふぁへでふ！」

「魔王様、サメです！」と言ったつもりなのだが、通じてないだろうな……。まだ、海藻をちぎってるし！

どうする？　ここは身を挺《てい》しても魔王様を助けるべきなのか？

…………助けるしかないな。

それが臣下のつとめであるし、わらわは言ってしまったのだ。

魔王様に従うと。

自分の言葉に責任を持たなければいけない。それが大臣というものだ。

わらわはサメの真ん前に出た。

噛みついてみろ！　どうせたいして美味《うま》くないぞ！　食あたりを起こしてお前のほうが死んでも

知らんぞ！

サメがぐわっと大口を開けた。

けれど、それとほぼ同時に――

身の毛がよだつとでも表現するしかないような邪悪な気を感じた。

何か黒い霧のようなものがサメにへばりついたかと思うと、そのままサメはぷか～っと体を裏返して、浮いてしまった。

魔王様が魔法を唱《とな》えていた。

やけに満足した顔をして。

◇

魔法陣で城に戻ったわらわはまず、大きく息を吸った。

空気がこんなにおいしいと感じることなんてあるんだな……。

「衰弱させる魔法をサメにかけました。サメもこれには耐えられなかったようですね」

「魔王様にかかれば水中でもどうということはないってわけですな」

改めて、魔王様の実力を思い知らされた。

「それはそうですけど、わたくし、うれしかったです」

魔王様はわらわに近づくと、軽くぽんぽんとハグをしながら、背中を叩いた。

わらわも魔王様も海から戻ったばかりなので、びしょびしょだが、魔王様の体温はずいぶん高く感じた。

「わたくしを守ることを第一に考えて行動してくださいましたね」

「それは……わらわが臣下ですので……」

「合格です」

そう言って、魔王様は離れた。

「合格って何に合格したのですか？」

「ベルゼブブさんは、見込みがあります。今後もその素質を磨《みが》いていきたいです♪」

肝心のところには答えずに魔王様は笑っている。

「ただ、今日を通して、ベルゼブブさんの弱点も浮き彫りになりましたね。そこを修正していってくださいね」

いつのまにか、わらわの反省会に移行しているらしい。

「弱点というと、水中で弱いということでしょうか？」

サメとどう戦うべきか、とっさに出てこなかった。だって、城の中や城下町でサメと戦う状況は絶対にないし。

「ベルゼブブさん、これまで観光をしたことありますか？」

「いえ、ほとんどありません」

即答できる程度には、わらわは観光などしていない。

ヴァンゼルド城下町に移り住んで長いが、休日ももっぱらダラダラすることに費やしてきた。

「そこなんですよね～。視野が狭い印象があったんです。大当たりでした」

はぁ～と魔王様はわざとらしくあきれた顔をした。

「だから、いろいろな場所をその目と体で感じてほしかったんです。大臣たる者にふさわしい人物になってもらわないといけませんからね～」

わらわは、はっとした。

「大臣は、仕事ができて、強いだけではダメ……」

大臣なのだから、広い見識と視野が必要だ。

部屋の中で書類を見て、ランニングも城の堀の周囲で、休日も城下町から出ないというのでは、農相にふさわしいとは言えない。

各地の自然や気候を把握していてこそ、まともな農政を行うことができる。

魔王様はそれをわらわに理解させようとしていたのか。

「ありがとうございます、魔王様！　わらわは目が覚めました！」

「いや～、ベルゼブブさんって、いじりがいがありますね～」

「いじりがいってどういう意味ですか！」

放置できない表現だったぞ！

「言葉どおりの意味です。すぐに真に受けてくれるので、わたくしも楽しいです」

たんに一日、魔王様に振り回されていただけなのかな……。

「今後ともよろしくお願いしますね♪」

魔王様はとても楽しそうに微笑んでいた。よっぽどご満悦なのだろう。

大臣たる者、それっぽい言葉に騙《だま》されないようにすることも大切なのかもしれない……。

◇

後日、わらわはまたランニングにいそしんでいた。

それと、魔王様が採取した海藻は、当たり前だが土の上でカラカラになった。

でも、それを知れたのはランニングのコースを薬園の中に変更したからだ。

農相なのだし、どうせなら育てられている植物を確認しながら走ったほうがいいだろう。

あと、ほかにも目についたものがあった。

崖の上にだけ咲くという、重い病気の幼馴染みの女の子を助けられるという伝説の花。

薬園で大量に繁茂していた！

「崖の上じゃなくても咲くではないかっ！　気候が合わんかっただけじゃ！」

今後、この花は薬草として魔族の土地に広まるかもしれない。

# 言うこと聞かない貴族をぶっつぶすのじゃ

「――以上で農相としての報告は終わりですじゃ」

わらわはドヤ顔でそう言うと、着席した。

今は魔王様の御前《ごぜん》での大臣会議の最中だ。魔族の政治の根幹と言ってもいい。

ほかの大臣からも「なんとも、立派な答弁だな」「もはや叩《たた》き上げには見えん」といった声がする。

よしよし、もっと言え。

農相となって数年が過ぎたが、今ではすっかりこの地位になじんできた気もする。

「ベルゼブブさん、ありがとうございました。もう、どこに出しても恥ずかしくない大臣さんですね」

魔王様もにこにことわらわを讃《たた》えてくれている。

「いえいえ、すべては魔王様の徳がこの魔族の世界全体を覆っておるからですじゃ」

わらわも定型表現ながら、魔王様を讃え返す。

今のわらわは人生で一番輝いているかもしれない。

職責を見事に果たし、部下にも恵まれている。

ちょくちょくヴァーニアがなんかやらかすが、どうにかカバーできている。事前にやらかしそう
A Deal with the Devil, Her Dark Ministry, Bumped-Up Beelzebub

なことを把握していれば、対応もできるのだ。

先日など、女子向けの雑誌《ざっし》から取材を受けたほどだ。

ずばり、「今、とくに元気な女の魔族五人」という特集だ。

見本用の本はもらったが、個人的に十冊ほど買って、ファートラとヴァーニアの姉妹にも配ってやった。ファートラには「自慢がわかりやすすぎます」と言われたが、別にいいじゃないか。

ちなみにその本には同時に魔王様も載っていた。

魔王様は魔王様でまだ若い身で、しっかりと魔王として魔族を統治している。掲載されても、なんらおかしなことはない。

今も会議の席で、最も輝いているのは魔王様だ。

「わたくしの徳ですか。ただ、残念ながら必ずしもそうじゃないところがあるんですよね～」

ふぅ。

いかにも困っていますという雰囲気を出して、魔王様はため息を吐《つ》く。

魔王様は全体として演技過剰なところがある。

とはいえ、代々の魔王様は全体的にオーバーリアクションなことが多かったので、そういう血筋なのかもしれない。態度がはっきりしているほうが部下は動きやすいし。

「ほら、わたくしが政治をやるにあたって、新たに引き立てた方や派閥などもあるわけじゃないですか。となると、利権を失う方とか、力が衰える方とか、どうしたって現れてしまいますよね。そういったところから、必然的に苦情が出たりしますよね」

「なんと。魔王様に盾突くような者は許しておくべきではありませぬな」

こういうことも、すぐに言えるようになった。

就任したばかりの時みたいに、びくびくすることもなくなった。

ほかの大臣たちも、「まったくです」「そんな奴《やつ》には地獄を見せましょう」と続く。

「ありがとうございますね、皆さん。ちょうど、とある地域で税の支払いが滞っていて、困っているんですよ。その土地の領主は『不作のせいです』と言ってるんですが、どうもこれはわたくしへの反抗っぽいんですよね～」

不作なので税が払えないとか、割り引いてくれないと無理だとか言うのは、大昔からあるお決まりの作戦だった。

「ベルゼブブさんはどう思われますか？」

「そういった者は断固支払わせるべきですな！　不作と言っておるなら担当者を派遣して実態を把握したほうがよろしいでしょう」


「ええ、そうですね」


そこで、魔王様はにっこりと笑った。

なぜか、ぞくりと寒気がした。

「税を納めないのはアルラウネのナストヤ卿《きょう》のところでしてね」

あれ、その名前、どこかで聞いたことがあるような……。

「かつての農務省で権力を持っていて、次期農相と言われていたのに、不正で失脚した方なんですよ～」

しまった！　これ、モロにわらわに関することだった！

「ちょうど、元農務省の実力者の問題ですし、ベルゼブブさん、行ってきていただけますか？」

こうなっては断ることもできないか。

「わかりましたですじゃ……」

わらわは首を縦《たて》に振るしかなかった。

こうい勇《いさ》み足をするところは、わらわはあまり成長してない……。

◇

「ベルゼブブ様、これは大変憂慮《ゆうりょ》すべき事態ですよ」

大臣室に戻ったら、ファートラのジト目で出迎えられた。

「アルラウネのナストヤ卿といえば、新魔王様の就任を機に、農相になると目《もく》されていたのに、逆に汚職を追及されて、領地に引きこもることになった大貴族じゃないですか。そこに農相になったベルゼブブ様があてつけのように足を踏み入れる……はぁ……」

「あっ、やっぱりまずい流れになっておるかのう……」

「最悪の場合、生きて帰ってこられないかもしれませんよ。アルラウネとはいえ、ナストヤ卿は超上級の魔族ですし、ベルゼブブ様のことを逆恨《さかうら》みしていることも考えられます。注意をするに越したことはないです」

ちなみにアルラウネというのは、植物の精霊みたいな奴らだ。

厳密には魔族とも言えないが、魔族はそのあたりの線引きはものすごくゆるい。

翼が生えてるとか、角《つの》が生えてるとか、しっぽがあるとか、目の数が一つだったり三つあったりとか、そのあたりの違いが多すぎるので細かいことは気にしないのだ。

わらわよりも、ヴァーニアがぶるぶるふるえていた。

「嫌です！　嫌です！　アルラウネの土地ってご飯もおいしくないんですよ！　雑草みたいな料理しかないんです！」

「おぬし、絶望しておる要素がおかしいじゃろ！」

「料理がまずい地域に住んでる奴は、変にストイックで偏狭《へんきょう》なんです！　ナストヤ卿とその取り巻きもものすごく性格悪かったですし。小さいことにやたらとこだわる連中だったんですよ！　料理がまずいから毎日の生活に幸せを見出《みいだ》すことが少なくて、ひねくれていくんです！」

**※個人の、というかヴァーニアの感想です。**

「しかし、農務省の元幹部が領地で問題を起こしているとなれば、今のトップであるわらわが行って解決するのは筋が通っておるじゃろう」

「税の徴収官ぐらいいますよね……？　凄腕《すごうで》のネクロマンサーたちで構成されていたはずですよ……。そういうのに頼みましょうよ……」

「税の徴収官は謀《はか》ったように流行性感冒《かんぼう》にかかって行けなくなったそうじゃ」

「つまり、謀ったわけですよね。面倒《めんどう》なことを押しつけようってことですよね！」

「まあ、落ち着け、落ち着け。アルラウネだって取って食うようなことはせんじゃろ。同じ魔族ではないか」

「同じ魔族だからですよ！　人間だったらもし攻撃されても絶対返り討ちにできますけど、魔族は怖いんですって！」

なんで、リヴァイアサンなのにそこまでビビるのか。

「とにかく、行くからな。税を払えと話をつけてくるだけの簡単な仕事じゃ。来週から出発するぞ」

「その日、ちょうどおなかが痛くなる日なんで行けませ――」

「舐《な》めとんのか」

わらわはぐりぐりとヴァーニアの側頭部を攻撃した。

「ちょっと！　これは暴力ですよ！　完膚《かんぷ》なきまでに職場内暴力ですよーっ！」

「ヴァーニアはこう言うておるが、ファートラ、どうじゃ？」

「私は何も見ておりません。ちょうど妹のことが見えない日なんです」

あっさりとファートラはわらわに味方した。

忠実な秘書は妹より上司の味方をしてくれるらしい。

「私もあまり気は進みませんが、行くしかないですからね。そこで駄々《だだ》をこねるほど子供ではないんですよ」

「さすが大人な反応じゃ。妹とは大違いじゃの」

「行きますよ……行きますから、こういうぐりぐりはやめてくださーいっ！」

こうして、わらわたちはアルラウネのナストヤ卿のところに向かうことになった。

◇

アルラウネの土地にはリヴァイアサン本来の巨大な姿になったヴァーニアに乗っていく。

ある意味、これぞリヴァイアサンの仕事なわけで、ヴァーニアの面目躍如《めんもくやくじょ》とすら言える。

しかし、かなり大きな問題があった。

「こいつ、揺れすぎじゃろ……」

わらわが飲もうとしたコップがテーブルごと部屋の壁のほうに吹き飛んでいった。

ヴァーニアが傾いたからだ。

「すいません、妹は飛行が下手なんです」

ファートラは慣れてるのか平然と立ってるなと思ったら、部屋の天井から伸びている輪っかみたいなのをつかんでいた。

「おぬし、何を持っておる……？」

「これは吊革《つりかわ》というものです。傾いた時や揺れた時にとっさにつかむことで、バランスを保持するのです」

「リヴァイアサンに乗るのも大変じゃのう……」

『ごめんなさーい。アルラウネの土地に行くって考えると、ストレスから運行に支障が……』

ヴァーニアによるアナウンスが部屋全体に響く。このあたりのシステムは姉のファートラと変わらない。

「我慢《がまん》せい。リヴァイアサンなんじゃから、仮にケンカ売られてても勝てるじゃろ」

『アルラウネは陰険《いんけん》なんですよ～。小細工《こざいく》を仕掛けてくるんじゃないかなあ……』

「でも、案外、数年前の農場の時みたいに、接待だけは手厚くやってくれるやもしれんぞ？」

『それは上司がアルラウネをちゃんと知らないからですよ～。あいつらが気前いいわけないんです』

どんだけ嫌がられてるんだ、アルラウネ。

これ、公の場で言ったら種族差別で一発アウトだぞ。

「この点に関しては妹の言葉のほうが正しいかもしれませんね」

吊革につかまりながらファートラが言う。

「アルラウネは虎狼《ころう》のような心を持つ者です。決して油断してはいけません。しかも名門意識が強いので平民出身の農相であるベルゼブブ様はとくにムカつかれているかと」

「おいおい……。あんまり脅すでないぞ……」

「脅しではありません。むしろ、虎《とら》とか狼《おおかみ》ならまだいいほうです。虎の子供はかわいいですし、狼の家族は仲良しですし。アルラウネは、古い本を読んでたらたまにページの上を歩いてる赤い小さいダニみたいなものです」

「おぬしらがアルラウネを大嫌いなことはわかった」

「とはいえ、ベルゼブブ様も農相になった頃とは比べ物にならないほどにお強くなられましたので、どうしようもないということはないのではと思います」

戦うこと前提かと思いながら、わらわも空いている吊革につかまった。

また、ヴァーニアが大きく傾いたからだ。

もう、自分の翼で浮いているほうがいいな……。

◇

そして、わらわたちはナストヤ卿のところに出向いた。

屋敷の門番をやっているアルラウネに来意を告げる。

アルラウネなので足の部分が植物の根っこみたいになっている。

「承知いたしました。そのうち、当主がやってまいりますのでお待ちくださいませ」

そう言われたので、門の前で待つ。

まず、中に通せと思ったが、いきなりケンカ腰になるのはよくない。ここは待とう。

――十五分経過。

「あの、まだなのでしょうか？」

そうファートラが門番に尋ねた。ずっと立たされてムッとしているのがわかる。

ファートラはいつもそんな表情だが、絶対に腹を立てている。

「すいませんねえ、きっとどの服を着ていくか迷っているのでしょう」

そんなふうに言われてしまうと、待つしかない。

「そうですか。素晴らしい服をたくさんお持ちなんですね。さすがご立派な貴族様です」

しっかり、ファートラが皮肉で返した。

すでにだいぶ空気が悪いな……。

――三十分経過。

「これはどういうことなのでしょうか？　早く当主を呼んでください」

ファートラが門番に詰め寄る。

しかし、門番は「自分はよくわかりませんので」と言うだけだ。

ファートラはすごく怖い顔をこっちに向けた。

わらわのほうが怒られるかと思って、びくっとした。

「いきなりしてやられました。無茶苦茶待たせるというイヤガラセです……」

「その可能性は……十二分にありそうじゃの……」

明らかになんかおかしいのはわかる。

ヴァーニアは待つのが長すぎて屋敷の前に座り込んでそのまま昼寝していた。これはこれで神経が図太くてすごいと思う。

ファートラが「みっともないから起きなさい！」とすぐに揺すぶっていたが……。


――そして一時間後。

「よくいらっしゃいました、平民農相殿」

ようやく、ナストヤ卿がタコの触手《しょくしゅ》みたいな根の足を動かしてやってきた。

顔を見るといかにも貴族の男という印象を受ける。

「平民農相か。今はちゃんと爵位のある貴族じゃがの。まあ、細かいことはどうでもよい。立ち尽くして疲れたわ。椅子《いす》のある部屋に通してくれ」

わらわのほうが今は身分が上だから、尊大にいく。なのじゃ口調もなじんできている。

「ええ、どうぞ、どうぞ。平民農相殿」

――わらわたちはたしかに椅子を用意された。

座ったらそのままつぶれそうなボロボロの椅子に。

歪《ゆが》んで、傾いて、強風が吹きつけただけでも分解しそうだ。

ほぼ、板が集まって椅子っぽい形になっていると言ったほうが近い。

「ほう、これはエコの精神なのかのう……」

わらわもこめかみがぴくぴくしてきた。

「いえ、ベルゼブブ様。文化財を保護し、なおかつ活用していこうとする意識の現れかもしれません」

ファートラはずっと相手をにらみつけている。

「こういった椅子しか用意がないもので、いや～、申し訳ないですなあ」

本当に性格が悪い……。ここまでクズな奴とは思っていなかった……。

ヴァーニアがわらわに耳打ちしてきた。

「上司、殴りかかったりしないでくださいね……？　相手はこっちにケンカを売らせるよう仕向けているんです。こっちが攻めて正当防衛でそれをやっつけたとか、そんな展開に持ち込むつもりなんですよ……」

あながち、ヴァーニアの妄想と片付けられない……。

わらわたちは狙われている……。

「それで、ナストヤ卿よ。おぬしの領土からちっとも税が納められてないということで、それを確かめに参ったのじゃが、農地へと案内してもらうことはできんかのう？」

「その前にお疲れでしょうから、飲み物をどうぞ」

そこに紫色の謎の飲み物がやってきた。

どう見てもまがまがしい。匂いを嗅《か》いだだけで目にしみるし。

どんなに油断していても、これを無批判にごくごく飲むことはできんだろう――と思ったら、ヴァーニアが飲みそうだったので、その口を手でふさいだ。

「むごむご……！」

「隙が多すぎじゃろ！」

「すみません、料理人であれば、味を確かめないわけにはいかないなと……」

「おぬしの職業はあくまでも公務員じゃ！　料理人ではない！　料理人のプライドよりも公務員としてのプライドを優先させよ！」

ファートラが、ふところから、おもむろにピンク色の付箋《ふせん》みたいなのを取り出した。

「これは毒チェック紙です。このピンクの紙が薄い毒だと茶色に、強い毒だと黒になります」

「近頃は便利なものがあるんじゃのう」

つけてみた。

漆黒《しっこく》になっていた。

「猛毒ですね。絶対に飲んではいけません」

ファートラがぎろっとナストヤ卿をにらんだ。

ケンカは買えないので、ひとまず視線で威嚇《いかく》するのだ。

「おやおや、これは申し訳ない。ついうっかり毒を入れてしまいました」

この男、どこまでも舐めてるな……。

もう、それはうっかりじゃなくて、犯罪として立件できないのか……？

「それじゃ、農場にご案内します。収穫量のチェックをお願いしますね」

わらわたちは今度は屋敷から少し離れた農地に連れていかれた。

このあたりは寒さに強い小麦がとれる。それがどれだけ実っているかを見る。

移動中も油断はしない。わらわたちは常に様子をうかがっていた。

農地の近くまではナストヤ卿と同じ馬車の中にいたが、こいつ自身が攻撃してくることすらありうる。

ここでは自分たち以外全員が敵なのだ。

ひとまず無事に小麦畑には着いた。

「率直に申し上げますが――思いっきり、実ってますね」

ファートラがイライラを含んだ声で言う。わらわもうなずいていた。

「おいしそうですね～。穂がずっしりと重そうですよ。いいパンが焼けそうです」

ヴァーニアの感想はズレているが、意味は同じだ。

不作どころか豊作ではないか。

やはり、サボタージュ的な意味合いで税を納めないという挙に出ていたな。

「ナストヤ卿、これで不作というのは少々無理があ――」

わらわはナストヤ卿のほうに顔を向けたのだが――

そこに奴の姿がない！

馬車からたしかに一緒に降りたはずなのに！

その代わり、弓矢で武装しているアルラウネたちがこっちに迫ってくる！

完全に殺《や》る気だ。

「おのれ！　謀りおったな！」

「やっぱりアルラウネは最悪です！　こんなところ、来るべきじゃなかったんです！　助けて〜！」

「あなたは情けないこと言わないの！」

わらわたちは逃げ出した。

逃げないと矢が飛んでくる！

ああ、こんなことなら、やっぱりずっとヒラで事務処理をやっているべきだっただろうか。そうしたら、少なくとも命を狙われることはなかったよなあ……。

魔法で迎撃しようかと思ったが、畑にそうっと隠れている魔法使いみたいなのもいる。

あれはこっちが魔法を使おうとしたら、妨害する手筈《てはず》なのだろう。

魔法での対応は隙が増える分、かえって命取りになるな……。

だが、こっちも何の準備もしていないわけではない。ザコの魔族ではない。

「ベルゼブブ様、少し離れていてください」

ファートラがわらわの前に立って言う。

「ここは畑地です。土地はあります。私にお任せください」

「わかった。絶対にケガをするでないぞ」

わらわはヴァーニアの手をとってファートラから距離をおいた。

ファートラを見捨てているようだが、そんなことはない。

一人で立っているファートラのほうに矢が射かけられる。

その瞬間――ファートラの姿が巨大なリヴァイアサンの姿に変わる！

飛んできた矢はぱつんぱつんと、おもちゃのように硬い皮膚にはじかれた。

「デ、デカすぎる！」「こんなの、かなわない！」

リヴァイアサンを見たアルラウネたちが尻尾《しっぽ》を巻いて逃げていく。

まあ、アルラウネに尻尾は存在しないが。

「命は助かったようじゃの……」

わらわとヴァーニアはひとまず、本来のリヴァイアサンの姿となったファートラの上にある建物に入り込んだ。ここで籠城《ろうじょう》するのだ。

「こいつらのしてることは論外ですよ……。すぐに魔王様のところに戻って報告しましょう！」

ヴァーニアはもう半泣きになっている。その気持ちはよくわかる。だが――

「このまま帰られたら、向こうも困るはずじゃ。弁明に総大将が出てくるじゃろう」

案の定、ナストヤ卿が出てくるのが、リヴァイアサンの上から見えた。

「あんなのと会う必要ないですよ！　このまま姉さんに乗って帰りましょう！」

「その案にも惹《ひ》かれるのじゃが、農務省のトップとして落とし前をつけてこんといかんのじゃ」

わらわはファートラを人の姿に戻させて、ナストヤ卿と相対する。

「申し訳ない、平民農相殿。今日はここで狩りをしているのを失念しておりました。今のはちょっとしたミスです。はっはっは」

そうか。そこまでシラを切るか。

「誰《だれ》にだって手違いはあるからのう。このことは許してやろう」

わらわは堂々と胸を張って、笑って言ってやった。

その態度にナストヤ卿の笑みのほうが崩れた。

あまりにも、こっちがさっぱりと応対したからだろう。

こちらがイライラすればするほど、向こうは楽しいのだ。

だったら、その逆をやるだけのことだ。

はっきり言って子供じみた反応だ。でも、そういう子供じみたところから脱却《だっきゃく》できない大人は多いのだ。この貴族もその典型らしい。

イヤガラセごときに自分の命運を賭けてどうする。

「わらわはな、小さいことは気にせんのじゃ。なにせ、農相じゃからのう。小事にとらわれて大事をおろそかにしているようでは農相はつとまらぬ。わらわの出自は平民じゃが、今では農相のように大きな心を持っておる。なにせ農相じゃからの～♪　そんな者でないとできぬな～♪」

ナストヤ卿の表情が凍りつく。

わかりやすい奴だ。

この男、農相になれなかったことにずいぶんとコンプレックスを持っている。

「それで、ナストヤ卿よ、大事について確認したいのじゃが、この様子だと収穫はまったく問題なさそうじゃな。税のほう、きっちりと支払ってもらいたいのじゃが、それで相違ないな？　農相として、それだけを確認に来たのでな。田舎《いなか》の領主として、しっかりやることをやってくれ」

「だ、黙れ、小童《こわっぱ》！」

ナストヤ卿が吠《ほ》えた。

ついに本性を現したな。

「何が農相だ！　こんな、どこの馬の骨ともわからん奴が大臣になるだなんて世も末だ！　本来なら私が農相になるはずだったのだ！」

「おぬしの目論見《もくろみ》なんてどうでもええわい。この世界の主人公はおぬしではないのじゃ。その証拠に主人公らしからぬ、しょうもないことばかりやっておるではないか」

わらわはとことん、相手を見下しながら言った。

貴族だかなんだか知らんが、性根はまさしくダニのレベルだな。

「現に、今、農務省のトップはわらわで、おぬしはたんなる引退したOBの貴族じゃ。租税を払わんかい。いくらでも陰口言ってよいから、税を払え、払え、払え、払うのじゃ！」

「ふんっ！　こんな貧相な娘を農相にするなど、小娘の魔王も救いがたい愚《おろ》か者《もの》だなっ！」

その言葉に、わらわは目をむいた。

聞き捨てならないな。

「おい！　おぬし、魔王様を侮辱《ぶじょく》するような言葉を吐いたこと、決して許されることではないぞ！　場合によってはおぬしの血であがなってもらわねばならんことになる！」

わらわのことは別に何を言われてもいい。

どうせ一生では聞き終わらないほどに、好き勝手言われているだろう。

前代未聞のヒラからのし上がった大臣だ。弱みでも握ってたんじゃないか。高官の愛人じゃないのか。必ず誰かは言っているはずだ。そんなこと、いちいち気にして生きてはいられない。

しかし、魔王様に対する暴言は看過できない。

少なくとも、政治にも参加せずに、地元でダラダラしているだけのクソ恥ずかしい奴が侮辱していいはずがない。

「お前の下についてるリヴァイアサンも同様にバカな連中だ。こんな低級魔族に従って、プライドも何もないのだな！」

こやつ！　ファートラとヴァーニアまで！

もう、この場でこいつを黙らせんと気が済まない！

「ナストヤ卿よ、わらわはおぬしに決闘を申し込む。わらわが勝てば、まず、秘書官二人に頭を下げて、それから魔王様の元に出頭して謝罪せ――むごっ！」

すぐに後ろからファートラがやってきて、わらわを羽交《はが》い絞《じ》めにしてきた。

「何を言ってるんですか！　粛々《しゅくしゅく》と相手を追い詰めていたのに、なんで決闘なんて！　相手の思うつぼですよ！」

「ファートラ、離せ！　自分のことはよくとも、魔王様や部下のおぬしらへの侮辱は別じゃ！　それを放っておくようでは農相などできん！」

ヴァーニアもファートラの加勢にやってきた。その目は半泣きだ。

「決闘って、もしかしたら上司、殺されちゃうかもしれないんですよ⁉　撤回してくださいよ！」

そう、決闘は場合によっては死者が出ることもある。

ナストヤ卿も舌なめずりしていた。いい感じに話が動いていると思ったのだろう。

「それでは、私が決闘に勝った場合は、あなたに農相を辞任していただきましょうか。この条件で、よろしいですかな？」

「ああ！　そんなもの、いつでも辞めてやるわい！　あと、今更敬語でしゃべっても、何の意味もないぞ」

わらわはまったく引かなかった。

「これでも高貴な身の上なのでね。代々の貴族に一歩も退《ひ》かないその意気込みだけは、低級魔族ながら褒《ほ》めてやりますよ」

◇

決闘場所は屋敷の庭になった。

ナストヤ卿は剣を持っている。アルラウネは自分の体から伸びている蔓《つる》で攻撃することも可能なので、こちらを殺すための武器だろう。

わらわのほうは素手だ。基本的に武器は持ち歩いていない。

ギャラリーは向こうの家の関係者ばかりだから、アウェーということになる。

とはいえ、声援の数が違うせいで負けただなんて言い訳をする気はない。

「ベルゼブブ様……危ない時は棄権してくださぃ……」

「上司、クビになってもリヴァイアサンの家で一生養《やしな》いますからね！」

秘書官姉妹二人が応援してくれているからそれだけで十分だ。

応援かなあ……？　むしろ、心配と言うべきかな……。

「うむうむ。はぁ……わらわもこの数年で血の気が多い性格になったのう」

地道に会計処理をやっていた頃が幻のようだ。

今はどんなヒラ役人が自分の仕事をしているのだろうか。マニュアル作って置いてきたから、ちゃんと見ればやれるようになっているはずだが。

「低級魔族をつぶして、再び、農務省に復帰してやります！　あなたが辞任すればまた流れは変わるはずだ！」

勝手に言っていろ。

そうか、こういうのをつぶしていかないと、完全に膿《うみ》は出ないわけだな。

わらわが派遣された理由もわかった。

失脚した連中にとって、わらわの存在自体が嫉妬《しっと》の火を燃え上がらせる燃料なのだ。

ならば、このまま燃え尽きて、灰になってもらおうか。

一度、わらわは深呼吸をした。

大事な時は、深呼吸をする。

誰かに教わったことではない。むしろ、わらわがファートラに言ったことだった。

妹のヴァーニアが大事な書類を焼いてしまった時のことだ。

冷静なファートラも頭に血がのぼっていた。

だから、深呼吸をしろとそう命じた。

「時代が時代なら、人間に立ちはだかる魔王様の幹部じゃからな。田舎者の貴族ぐらいやっつけられんと話にならんのう」

「平民風情が減らず口をっ！」

ナストヤ卿が根っこの足で走り込んでくる。

わらわは翼を伸ばし、敵に向かって突っ込む。

ハエの王を甘く見るな！

敵の蔓によるムチをかいくぐり――

「誰が平民じゃ！　わらわは誇り高き貴族じゃっ！」

その顔を殴打する。

ドゴォッ！

「この無礼者がっ！」

敵の体のバランスが崩れたので、もう一発。

バグゥッ！

「しかも、魔王様まで侮辱しおったな！　重罪じゃ！」

今度は左下から蹴り上げる。

ブグッ！

そして両手を組んで、ハンマーのようにして頭に向けて振り下ろす。

ドゥーーーーンッ！

さあ、次の一撃をと思った時には、もうナストヤ卿は失神していた。

「む……？　終わってしまうたのか……？　こんなもんでよいのか……？」

もう少し接戦になると予想していたのだが、相手は動く様子すらないし、腐《くさ》っても貴族が死んだふりで隙をうかがうなんてこともしないだろう。

念のため、もう一度蹴ってみたが、よだれだか樹液だかわからんものを垂れ流していた。

秘書官二人を見ると、全然喜んだりせずに、むしろ呆然《ぼうぜん》としていた。

「なんじゃ……？　わらわ、反則とかした……？　その反応、気になるのじゃが……」

「上司！　キモいぐらい強くなってますよ！　むしろキモいですよ！　キモいです！」

「おい、ヴァーニア！　それ以上言ったら、減給にするぞ！」

ほとんど褒めてないじゃないか！

「ベルゼブブ様、ずっと強くなるために努力なさってましたもんね……。ですが、まさかここまでとは……。魔族の中でもトップクラスですよ……」

ファートラも信じられないといった顔をしていたが、やがて、ぱっと笑みの花が咲いた。

「おめでとうございます、ベルゼブブ様」

その一言でわらわもうるっと来てしまった。

「これで正真正銘、おぬしらの上司になれた気がするわい」

わらわは二人のところに行って、両手でがばっと抱き寄せた。

◇

「――ナストヤ卿支配領域の分配計画の説明は以上となりますのじゃ」

わらわは魔王様の部屋での報告を終えた。

ほかの幹部に伝える意味もないので、一対一だ。

ナストヤ卿は税の支払いを正当な理由なく怠っていた罪と、魔王様への侮辱罪など様々な理由で追放処分となった。

「はい、ベルゼブブさん、お疲れ様でした」

魔王様はわらわに近づくと、ぽんぽんと肩を叩いた。

「どんどん、わたくし好みの魔族に成長なさっていますね。わたくしもうれしいですよ～」

「魔王様、今回の件もこうなることをわかって、わらわを遣わされたましたな?」

失脚した者にとって一番ムカつく奴を送り込んで、ケンカを売らせる。

わらわがケンカを買っても、余裕でぶちのめせるとわかっていたのだろう。

もし、先にわらわが手を出しても、そこは魔王の権力でもみ消すぐらいのことはしたはずだ。

ナストヤ卿もわらわも魔王様の手のひらの上で踊っていたのだ。

「わたくし、難しいことはよくわかりません」

笑顔ですっとぼける魔王様。こうなると追及もできない。

「ただ、わたくし、理想があるんです。もっと具体的に言うと、理想のお姉様像が」

「は、はあ……」

何の話だ、いったい……?

「もう、ベルゼブブさんもかなりいい線に近づいてきたので、理想のお姉様というものがどういうものかお話ししましょう。しっかりと聞いてくださいね?」

「わ、わかりました……」

聞きませんとも言えないからな。選択肢はない。

「まず、誰からも慕《した》われるみんなの人気者でなければなりません。人気者といってもお調子者ではなく、高貴な空気を醸《かも》し出している気品ある方です。でも実は、彼女は平民の出身で、すべては努力で補ってきたものなんです!」

うん、平民出身という部分はわらわのことだな。

「どうです？　すっごくいい設定ではありませんか？」

「よくわかりませんが、そのために平民だったわらわを農相に抜擢《ばってき》して、ちょくちょく立派な貴族然とした者になるように訓練をしてきたということですかな……？」

「ええ、そういうことです！　そして、そんなお姉様の妹分は、生まれながらの超高貴な家柄の娘――このギャップ、とってもよくないですか？」

魔王様は今度はわらわの両肩に手を載せてきた。

あと、なんか目がマジだ……。

「それで、最も大切なのが妹を守るためならすべてを投げ出して熱くなることです！　今回のナストヤ卿との決闘はその点でも完璧でした！　三百五十点満点です！」

なんだ、その独特の点数設定……。

「数年かかりましたが、わたくし、ベルゼブブさんを理想のお姉様にまでほぼほぼ改造できたかなと思っているんです。ふふふふふ～」

わらわは身の危険を感じた。

たしかに魔王様の実力は今のわらわでも、とてもかなわぬもののはず……。

だが、そういう次元ではない恐怖だ……。

「ベルゼブブさん、わたくしのことが大切なら、二人きりの時だけ、ペコラと呼び捨てで呼んでくださってもいいんですよ？　その代わり、わたくしもお姉様と呼びますから！」

顔が近い、近い！

ここで流されてはいけない。取り返しがつかないことになる！

決闘を申し込むどころの話ではない！

「で、では、農相の仕事が残っておりますので、これにて！」

わらわは魔王様から離れると、大至急、部屋から退出する。

「魔王様は少しお疲れの様子……。今日はゆっくりとお休みなさるのがよいと思いますじゃ！」

後ろから「ちょっと！　お姉様候補が逃げないでください！」という声が聞こえるけど、スルーする……。

敵をぶっつぶして、農相らしい活躍がやっとできたと思ったのだが――

また、厄介な問題がやってきたような気がする……。

「上司、誠に申し訳ありません！」

早朝、大臣室に入ったら、いきなりヴァーニアに謝罪された。

「そっか、始末書を書き終えたら教えてくれ。再発防止策もちゃんと入れておくんじゃぞ」

わらわはぱたぱたと扇子《せんす》で顔に風を送りながら言った。

そのまま、優雅に自分の席につく。

ヴァーニアのミスにいちいちキレていたら、きりがない。受け流す精神が必要なのだ。

「いえ、上司、始末書が必要になるようなことじゃないんです」

「ふうん、じゃあ、どんなミスじゃ？」

「上司、淡々《たんたん》としすぎじゃないですか……？　もう少し興味を持ってほしいです」

面倒《めんどう》くさい彼女みたいなことを言ってきたな……。

「とにかく内容を話せ。わらわが興味を持つかどうか、それを聞いてから判断する」

「これなんです！」

ヴァーニアが見せてきたのは一枚の紙だった。

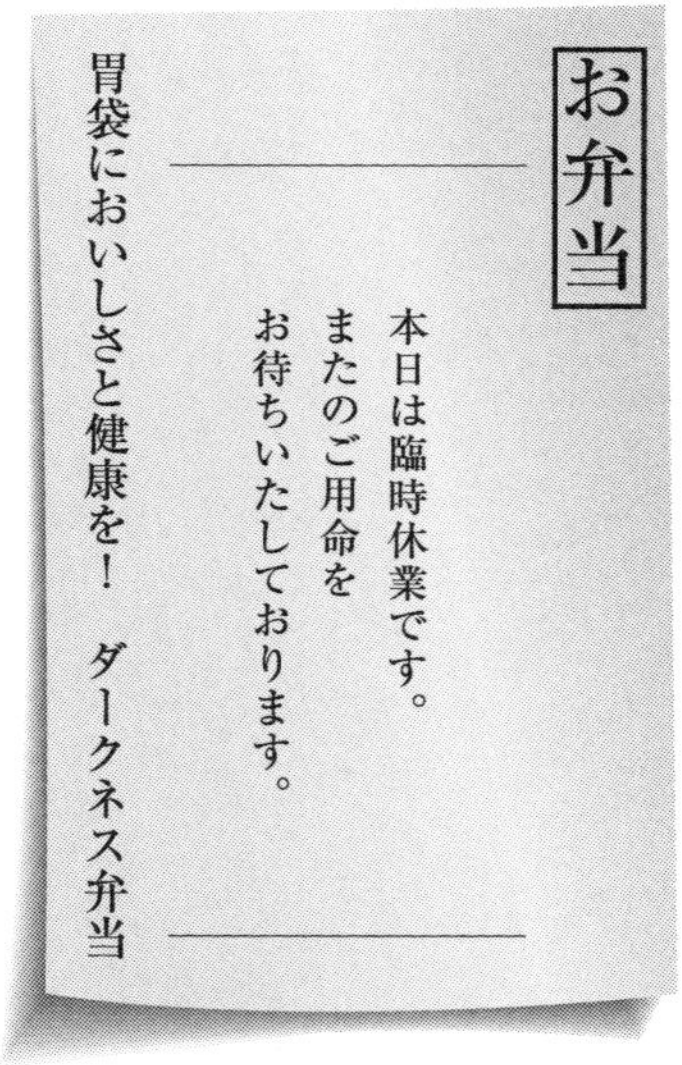
お弁当
本日は臨時休業です。
またのご用命を
お待ちいたしております。
胃袋においしさと健康を！　ダークネス弁当

「あ～、いつもの弁当業者が休みなんじゃな」

「すいません！　臨時休業をすっかり忘れていました！　そのせいで自作のお弁当を作る時間もなくて……今日は何も昼食の用意がないんです！」

ヴァーニアがやたら申し訳なさそうにしているが――

「かなりどうでもいいぞ。頭を上げるのじゃ」

「えっ？　いいんですか？　昼食は仕事最大の活力源ですよ？」

「お前の昼食に対するオリジナル定義など知らん」

こいつ、午前中は昼食のことしか考えてないのではないか。

ファートラは、私とヴァーニアのやりとりなどまったく無視して、すでに書類をチェックしていた。

わらわ以上にどうでもいいと思っていることは間違いない。姉妹で性格がこんなに変わるものだろうか。

「では、昼休みに城下町の店で食べることになるのう。ちょっと遠いがやむをえんな」

それぞれの省庁の庁舎は大半が、ヴァンゼルド城の外堀と内堀の間の区画にある。

なので、庁舎も広義の意味での城内に入っているわけだ。

外堀にかかる橋を渡ってすぐのところから商店街がはじまるなんてこともないので、店が並んでいる通りに出るには多少の距離がある。

「店まで片道十分として往復二十分か。並んでいる店に入るのは、ちと怖いのう。じゃが、ランチタイムにガラガラの店って、つまり、おいしくないという証明な気もするしな……。そう考えると、なかなか悩ましいのう……」

「そうなんですよ！　城下町ランチは実に複雑《ふくざつ》なかけひきが求められるんです！　わかっていただけましたか！」

ヴァーニア、確実に楽しんでいるだろ。

「わざわざ出かけていって、当たりのお店をひくか、ハズレのお店をひくか、これで昼からの仕事のやる気は大幅に変わります！　仕事のためにもうかつな判断はできないんです！」

「いや、ハズレの店に入った場合でも、ちゃんと仕事をせい」

ていうか、お前、「今日の業者さんのお弁当おいしいです！」と言ってる日も、平然とミスしてたりするだろ。仕事のクオリティに影響してないだろ。

「——時間が惜しいのなら、ここの庁舎に入ってる食堂を使ったらいいんじゃないですか？」

ファートラが書類を見ながら、そう言った。

つまり、作業の手を止めるほどの価値はないということだ。わらわもそう思う。

でも、ファートラも話を聞いてはいたのだな。

「食堂か。そういや、一階にあったのう」

どこの庁舎にもたいてい、食堂がある。

農務省の庁舎一階にも食堂が入っていた。

ちなみに一階にあるのは、職員以外の者でも気軽に使えるようにするためらしい。

場所も職員しか入れないエリアの外側だから、一般人でも使える。

わざわざ庁舎の食堂で食事をしようとする一般人はおらんだろうが、庁舎はいろんな会社の者が出入りしているので、こういう連中の便宜も図っているのだろう。

「わらわ、一度も使ったことがなかったわ。前任は農業政策機構じゃったから、違う建物じゃったしな。大臣になってからも、もっぱらダークネス弁当じゃったし」

それから、たまにヴァーニアが弁当を持ってくることもあった。

ちゃんと金は払っているが、本人いわく、趣味の一環らしい。

調理師学校を卒業しているぐらいだから、その実力はかなりのものである。

「それじゃ、みんなで一階の食堂行ってみましょう！　わたしも長らく使ってなかったんで、久しぶりに試してみたかったんです！」

ヴァーニアのテンションが上がった。

本当に昼食がモチベーションに深くかかわっているらしい。

「えっ？　おぬしら姉妹は本省勤務じゃから、食べる機会も多かったじゃろ？」

どうも、全然食堂を知らないという反応である。

「食堂のある一階まで降りていくのが面倒ですので、妹にダークネス弁当の発注を頼んでいました」

作業したまま、ファートラが答えた。

おぬしも意地でも手を止めることをせんな。

「キャリア組は入省直後から上のほうのフロアでの仕事になりますからね。下に降りていくのが鬱陶しかったんです」

「ううむ……。なんという階級社会じゃ……。じゃが、ボスクラスの奴《やつ》が下の階におるのはしっくりこんしのう……」

強い奴や偉い奴ほど高層階に配置するという空気が我々の中にもある。

かつて、人間と争っていた時、ボスが上のフロアで待ちかまえていたことに由来するとか。

「あと、中途半端な地位だと、エレベーターがなかなか来ないんです。上のフロアでもっと偉い人たちが乗って、その時点で満員ということになるので。かといって、階段を歩くのも嫌なんで」

エレベーターというのは上下移動する箱だ。引っ張る係の者（省庁の職員とは違って、民間の会社の社員）がいて、上がり下がりをするようにしている。引っ張る係の人件費がかさむので、庁舎みたいな高層建築にしか設置されてない。

「なるほど……。省庁あるあるなんじゃろうな……」

「私も食堂を試してみるというのには賛成です」

「わかったのじゃ。それでは、行ってみるとしようか」

「ですが、昼休みの時間に行くと、職員が一斉に利用していて、混雑すると思いますので、午前に一時間長めに働いて、それから向かいましょう。それでスムーズに食事ができるはずです」

「ファートラは本当に細かいのう……」

ヴァーニアが午前の部が結果として一時間長くなることに嫌な顔をしたが、無視した。

労働時間の合計は変わらんからいいだろ。

◇

そして、時計の針が午後一時になった。

「やったー！　お昼ですよ！　お昼！　お昼！　お昼！」

「ヴァーニア、どんだけ張り切っておるのじゃ！」

ハトが飛び出してくる時計みたいにいきなり叫ぶな。

「昼食が遅くなって、いつもよりおなかもすいていますし、食堂も楽しみですし、いつもより二割増しでわくわくします！」

「おぬしみたいに、食事だけでそんなに楽しみを見出《みいだ》せたら、人生も幸せなんじゃろうな……」

わらわとリヴァイアサン姉妹は食堂のある一階へと降りていった。

食堂か。そういえば、建物の隅にあるし、横を通ることすらほぼなかった。どんなものなのだろう。

案外と、今時の食堂はオシャレなつくりだったりするんじゃないか。ふわとろ卵のオムレツ定食とかそういうのもあるんじゃないだろうか。

入り口からして、暗かった。

『農務省食堂』と無骨《ぶこつ》な看板がかかっている。ドアはなくて、奥のテーブルなどは入る前から見えるのだが、入店しづらい空気はディープな飲み屋に匹敵する。

時間をずらしたせいだろうが、全然客がいない。閑散としている。

それが入りづらい一因か。食堂ってすいていればいいというものでもないんだな。

入り口の横には、

**食券制です。**
入り口右手の店員にメニューを言って
食券をもらってください。
料理ができたら、調理担当の者が
呼びますから食券を渡してください。
**水はセルフサービスです。**

と書いたパネルがかかっている。このあたりのシステムは昔ながらな感じだ。

「どうにも、レトロですね……」

ヴァーニアもなんとなく気味悪がっている。

「攻撃されるわけではないんじゃ。入るぞ。いや、その前にメニューを決めておかんといかんな」

A定食・B定食・C定食・カルエーなどのメニューが並んでいる。

あと、麺類はラー・メントとスパゲティか。

C定食が一番豪華らしいから、それにするか。どうせ値段はたいしたことないし。

わらわは入り口右手のところで「C定食一つじゃ」と金を出した。

中年魔族のオバチャン店員が走ってやってきて「C定食　5」と書いた札を渡してきた。

呼ばれたら、これをまた調理担当の店員に渡して、料理をもらうわけだな。

しばらくの間、「受取口」と書かれたコーナーの前で待っていると、調理担当のオバチャンが「C定食の人～」と言ってきた。

札をカウンターに置いて、定食が置いてあるトレーをもらう。

C定食はなんかよくわからん肉のフライがメインだ。あと、なんかよくわからんスープとパン。

その他、サラダの小鉢。

席はガラガラだし、四人掛けのところに座る。

ヴァーニアとファートラも、それぞれB定食とラー・メントを持ってやってきた。

「では、食べるとしますか！」

ヴァーニアも定食のトレーを前にして、テンションが復活していた。

「うむ、そうじゃの」

わらわはスープを口に運ぶ。ちょうど、ヴァーニアも同じスープを飲んでいた。


まずっ！


思わず、店の中で「まずっ！」と叫びそうになった。

それぐらい、まずい。まずいというか、味がない。

なんだ、これ？　生ぬるい水？

「………ひどいですね、このスープ」

ヴァーニアが珍しく顔をしかめていた。

ということは、わらわが感じた反応も間違いではないらしい。

続いてわらわはなんかわからんカツを口に入れる。これも肉がぱさぱさでちっともおいしくない。

味付けも薄い。かじっても、いまだに何の肉かわからん。

「ソースがないと食えたもんじゃないのう……。じゃが、テーブルにソースがないわ……」

調味料類はカウンターの前だけにある。そっちに取りにいかないといけない。

ソースをかけまくって、どうにか食べられるようにした。

もはや、ただのソース味の何かだ。

ヴァーニアはB定食の謎の炒《いた》め物を不機嫌な顔で食べていた。

「火の使い方が悪くて、野菜がくたくたになっています。食感を台無しにしてます。火を通して炒めればいいんだろというやる気のなさを感じます。食材は価格的にたいしたものは使えないのかもしれませんが、これはそれ以前に調理師の腕の問題ですね」

「おぬし、料理になると語るのう」

今日一番真面目《まじめ》なヴァーニアを見た。

その間、ファートラは無言で琥珀《こはく》色のスープにつかったラー・メントをすすっていた。

「ファートラ、おぬしのほうはどんな味じゃ？」

「田舎《いなか》の場末の大衆食堂で出てくる、レベルの低いラー・メントってあるじゃないですか。あるいは、馬車センターの待合所にある食堂のラー・メント」

「うむ……。店の選択肢がなくてやむなく入るようなタイプの店じゃな……」

「あれとまったく同じ味がします」

つまり、まずいということだ。

「麺が大量生産のものというのはしょうがないんですが、もう少し、どうにかできないんですかね。本当におなかに入れれば何だっていいだろってレベルのものです」

ファートラはまだ三割ほど麺が残っているところで、もうフォークを持つ手を止めた。

お前の店はまずいぞというせめてもの意思表示だ。

わらわは店の中を改めて見回した。

いくらピークの時間を過ぎているとはいえ、ガラガラすぎないか。

「まあ、次は城下町まで店を探しに行こうではないか。今回は諦めよう。やってみんとわからんこともあるからのう」

そうでも言わないと、ヴァーニアが信じられないほどに不満のある顔をしていて、怖かった。

これはヴァーニア、午後はろくに仕事ができないのではないか。

ひどい昼食のことをずっと引きずりそうだ。夜は姉妹をいい店にでも連れていってやろうかな……。そこで食堂の愚痴《ぐち》でも言うか……。

だが、予想に反して、午後のヴァーニアはきびきび働いた。

やたらといろんな資料をチェックし、何度も大臣室を出て、ほかの部署からも関係書類をもらってきたりしていた。

少なくとも、予定されている仕事以外のことをやっているようだ。

そして、終業時間になっても――

「ヴァーニアよ、今日は三人でメシにでも行かんか？　あの食堂の悪口を言いたいじゃろう？」

「申し訳ないですが、作りたい資料がありますので、姉さんと行ってきてください」

と、返された。

「大丈夫か？　人格が変わっておるぞ。洗脳の魔法でもかけられてないか？」

ファートラにぽんぽんと背中を叩《たた》かれた。

「ベルゼブブ様。妹も官僚ではあるので、能力自体はあるんです。ただ、めったにやる気にならないだけです」

「そうか……。珍しくやる気になっておるのなら、このままにしておこうかの……」

できれば、もうちょっとやる気になる頻度を高くしてほしくはある。

◇

翌日、ヴァーニアはわらわに分厚い書類を提出してきた。

「上司、これをご覧ください！」

「なになに、『農務省内食堂における改革案について』じゃと?」

「あんな、やる気のない食堂は許せません！　わたしが先頭に立って食堂を再生させます！」

異様に気合いが入っている！

わらわは内容を確認する。

データも細かくまとめられている。今の食堂は入札の結果、一番安い業者が入ったもので、利用者の満足度も決して高くないというものだった。

「資料をご覧になればおわかりいただけるかと思いますが、本省に勤務する職員の七割強が食堂を使っていません。みんな、まずいと認識して利用してないということです。しかも定期的に利用しているという職員の満足度すら、『とてもおいしい』『おいしい』を合わせて二割だけ。『まずい』『ムカつくほどまずい』が六割にのぼります！」

「おぬし、このデータはいつ、どこで作った?」

「昨日の昼過ぎから、省内でアンケートを取りました」

とてつもない意欲だ……。

「もっと、おいしい食堂にすることで職員の労働意欲も高まります！　しかも食堂で食べるようになれば、わざわざ城下町に食事に出る機会も減って便利です！　やりましょう！　やるしかないです！」

喰い気味にヴァーニアは顔を近づけてきた。

わらわが訴えられてるような気分になってきた。

「わかった……その気持ちはわかったのじゃ……。業者をすぐに変えるのは契約の関係上できんが、食堂の改装やメニューの変更なら、今からでもできるな……。じゃが、それなりに大きなプロジェクトじゃから、誰《だれ》かリーダーを作らんと――」

「わたしがやります！」

大声でヴァーニアは叫んだ。

「昼食は労働の根幹と言ってもよいものです！　それがこんなにないがしろにされているということは、労働がないがしろにされているということと同じです！　つまり農務省がないがしろにされているということと同じです！」

「それは、いくらなんでもイコールではなくないか？」

「いいえ、同じです！　何も食べなければ、どんな魔族も生きてはいけませんよ！　食堂がまずいというのは職員を殺そうとしているようなものです！」

ヴァーニアってこんなキャラだったっけ……。

論理展開は無茶苦茶だが、説得力はある。

ちらっとファートラのほうを見たが、自分は知りませんといった態度で、担当している仕事を自然体でやっていた。

一応、大臣が困っているので秘書官として手助けしてほしい。

まあ、ヴァーニア本人がやると言っているのだから、任せてみるか。

ぶっちゃけ、ヴァーニアがプロジェクトに取り組んで欠けている間の穴は、わらわとファートラであっさり埋まる気がするし。

わらわは署名欄に「認可　農相ベルゼブブ」と書いた。

「ほれ、好きなようにやってみるがよいわ」

「ありがとうございます！　たった今から食堂は生まれ変わる道を歩み出しました！　時代が動きはじめました！」

「おおげさすぎる」

せっかくだし、ヴァーニアがどれだけのポテンシャルを持っているのか、拝見するとしようか。

◇

その日から時代が動きはじめたのかどうかはわからないが、ヴァーニアが動きはじめたのは確かだった。

まず、物理的にも動いていた。

それからしばらく、ヴァーニアは大臣室を離れることが多くなった。

「今から、食堂の改装に関して業者と会議をしてきます！」

「食堂のオバチャンの調理研修をやってきます！」

「食材調達のため、地方の農家に出張に行ってきます！」

毎日、こんな調子だった。

正直、遠方に出張まで行くと言い出した時は、「出張伺《うかが》いを書け！　無断で行くな！」と言ったが、とにかく全部、ヴァーニアに一任した。

ヴァーニアが出張で抜けていた日、わらわはぼそっとファートラのほうに言った。返事が来なくてもいいような独り言みたいなトーンで。

「ヴァーニアのことなんて何でも知っていると思っておったが、全然そんなことなかったわい」

「世の中にはどこにでも情熱を持てない方もいますが、妹の場合は料理に関しては情熱を持ってるんです」

その時のファートラは少し誇らしそうだった。

最低でも、あきれているようではなかった。

「むしろ、料理のプロではない分、なあなあで片付けられないんじゃないですかね」

わらわは田舎に暮らしてた頃の自分を思い出した。

「ほんのちょっと、うらやましいかもしれんわ」

実家の青果店《せいかてん》の手伝いをしていた時は、いまいち人生に張り合いがなかった。

それを田舎のせいにして城下町に飛び出してきたが、結局、地味《じみ》に生き続ける人生が待っているだけだった。

何かに本気になるということが長らくなかったのは、わらわ自身の問題だった。

「今のベルゼブブ様は農相であることに情熱を持っていますからいいんですよ」

しばらく間を置いてから、ファートラがそう答えた。

わらわの頭に、魔王様の顔が浮かんだ。

魔王様がわらわの人生を変えたのだろうな。

良くも悪くも変わったことに偽りはない。

「魔王様、さまさまじゃ」

◇

ヴァーニアが食堂再生プロジェクトに携わるようになってから、わらわも食堂の前を通りかかることが多くなった。

といっても食堂を使うのではなくて、どう変わっていってるかを確認するためだ。

ある日、古臭い食堂の前に「近日　リニューアルオープン」という張り紙がされていた。

さらに一週間後、食堂が店内改装のために一時休業となった。

もともと不人気だった食堂だけあって、とくに不便に感じている者もいないようだ。それはそれでどうかと思うが……。

ただ、店の奥からはヴァーニアの声が聞こえてくる。

「そこは十五秒で大丈夫です！　それ以上、火を通すと食感が悪くなります！　気をつけましょう！」

食堂のオバチャンを指導しているらしい……。

「ほら、これが従来の野菜炒めと今回の野菜炒めです。食べ比べてみてください！　全然違いますよね！　ねっ？　これ、ご家庭でも使える技術ですから、覚えて帰っていってくださいね！」

あいつ、もはや何が本業かわからんようになっているな……。

そして、さらに一週間後。

外観がオシャレなカフェ風に生まれ変わっていた！

内装は現在工事中のようだが、かなり大鉈《おおなた》を振るっているのは間違いない。

食堂の前にはオープン予定日も書いてある。

まもなく、ヴァーニアのプロデュースで食堂が復活するらしい。

◇

で、オープン当日。

意外なことにヴァーニアは朝から大臣室で事務の仕事をしていた。

「おい、食堂に行かずに大丈夫なのか？」

「何をおっしゃいますか。わたしは秘書官ですよ。大臣室にいるのは当然です」

「ドヤ顔してるところ悪いが、ここ最近は食堂の中におる時間のが長かったじゃろ」

もっとも、働いてることに対して文句を言うのもおかしい。わらわも自分の仕事をこなす。

午前十一時少し前、ヴァーニアがわらわのほうに席を向けた。

「上司、今から大臣のお仕事をお願いします」

「今もこうやって大臣の仕事をやっておるじゃろ」

「いえ、リニューアルのお客さん第一号は農務省のトップであるべきですから」

ああ、食堂は十一時開店なのだな。

「わかった。それじゃ、いつもより早い昼食ということにするかのう」

わらわも、腰を浮かした。

「念のため確認しますが、ダークネス弁当に注文しちゃったりはしてないですよね?」

「今日はおぬしが発注の確認をしてこんかったから大丈夫じゃ」

わらわもリニューアルの日に食堂に寄るぐらいの予定は立てていた。

「ファートラ、おぬしも——」

行くぞと言う前に、もうファートラも立ち上がっていた。

「妹のプロジェクト、見届けたいと思います」

ファートラも妹のことがけっこう気になっているんだな。


一階に降りて、食堂の前に行く。

外観がオシャレなのは知っていたが、メニューも充実していた。

「やけにスウィーツ系が増えておるの。お茶とのセットメニューもあるわい」

「そうなんです。三時のおやつにちょこっと使ったりということもできるようにしています。それと、ちょっと建物の外に出ていただけますか？」

なんと、庁舎の外部にテラス席ができていた！

テラス席の真ん前は外堀があるので、一種のリバーサイド感覚である。

「一般のお客さんがカフェとして使いたくなるような工夫《くふう》を行っています。もちろん、ここで会議をやってもらってもけっこうです。お茶を飲みながらの会議で能率もきっと上がりますよ！」

「その部分は怪しいが、大改造をやったことはわかった」

さて、肝心の店の中だ。

再度、庁舎に入って、食堂の入り口に向かう。

「いらっしゃいませ！」

と、若い女魔族の店員があいさつをしてきた。

「むっ……。オバチャン店員のクビを切って、若い店員に変えたのか……。そのほうが店は華《はな》やかになるがやりすぎでは……」

「それなら心配いりません。この人には幻覚の魔法がかかっているだけで、実際は以前の店員さんです！」

「すごい変更を施《ほどこ》してきたのう！」

「孫も一人いまーす」と（幻覚で若く見える）店員が言った。

ふだん怠《なま》けている奴が本気になると、ものすごく徹底した行動に出ることがあるが、今回もそのケースらしい。あまり掃除をしない奴が、年に一回、大規模な掃除をするようなものだ。

「上司、何にしますか？　今日はわたしがおごりますから！」

まあ、食堂の金額なら知れているし、おごらせてもいいか。

「そうじゃな、『三種のサラダとランチプレート』というのを頼もうかのう……」

「私はラー・メントをお願いします」

ファートラ、実はラー・メントが好きなのか？

「前回と同じものを注文しないと違いがわかりませんからね」

「なるほど……。おぬしは常に仕事のことを念頭に置いておるのじゃな……」

店内の窓は開いていて、テラス席のほうから、風が流れ込んでくる。

内装もさわやかな白で塗りなおされ、テーブルや椅子《いす》もオシャレな店にありそうな仕様になっている（オシャレな店に行き慣れてないので語彙《ごい》が貧困《ひんこん》なのは自分でも認める……。こういう店に一人で入る勇気がなかったのだ……。地元にはまったくなかったし）。

「おぬし、テーブルや椅子にも金がかかっておるのではないか？　予定額をオーバーしておらんじゃろうな？」

「ああ、このテーブルも椅子も廃材リノベーションの会社から買ってます。実はかなり安いんですよ」

ヴァーニアがよくぞ聞いてくれましたという顔になる。

今日の主役はヴァーニアだから、とことん輝いてくれ。

「あと、メニューの料金も以前より二割以上高くなっています。五百コイーヌ程度だった定食系メニューは、六百八十コイーヌのランチプレートなどに置き換えられています」

値段を上げて経営も成り立たせるつもりか。

「そういや、B定食みたいなダサい名前のものはないのう……。じゃが、そんなに値段が上がって客は来るのか？」

「以前からたいして客は来てなかったので、どうせ客離れのダメージはないです！」

「たしかに！」

今までは安かろう、悪かろうの空気だったからな……。

「それに、城下町にある本当にオシャレな店なら、もっと値段が張りますから。少しお金を多く払ってリッチな気分になる。それがこの食堂のコンセプトです！」

「リッチな気分が壊れるから、声はもう少し下げよ……」

で、カウンターから、若く見える女店員の「ランチプレートのお客様ー」という声がかかった。

「ヴァーニア、あの女店員も――」

「以前から働いてる厨房《ちゅうぼう》のオバチャンです」

幻覚の魔法を有効活用している。

しかし、ここまではいわば見た目。

問題なのは料理の味だ。

わらわはまずランチプレートのサラダにフォークを突き刺す。

ドレッシングがこぼれぬように注意しつつ、口に運んだ。

濃厚なドレッシングの酸味とフレッシュな葉物野菜の甘みが口に広がる！

「これは、オシャレな店の味じゃっ！」

「でしょう？」

ヴァーニアは、「ふっふっふっふ！」とボスみたいに不敵に笑っている。

「ここで食事をするだけで、職員の方たちも自分たちのランクが上がったような気持ちになれるんです！　かっこいい自分を演出できるんです！　しかも、さほどお財布《さいふ》も痛みません！　この店でやる気をチャージして、お昼からの業務に邁進《まいしん》できるってわけですよ！」

「おお……ヴァーニア……今まで疑ってすまんかったな……」

目からウロコが落ちた。

ヴァーニアがいつもより偉大に見える。幻覚の魔法による効果ではないはずだ。

「昼食の質で仕事のやる気が変わるなんておおげさだと思っておった……。じゃが、たしかに、このランチプレートと場末食堂のB定食とでは士気に大きな差が出るわい……」

農務省の庁舎に革命が起きたと言っても過言ではないかもしれない。

大幅に食堂利用者が増えるだろう。

「ご理解いただきありがとうございます。これがわたしの目指していた『食による職の改善』計画です！」

「ヴァーニア、そんな遠大な計画を建てておったのか……」

「計画名は今、考えました」

そのあたりはテキトーなままなんだな。

わらわとヴァーニアがしゃべっている間、ファートラは黙々とラー・メントをすすっていて、汁も全部飲み干していた。それ、あまり体によくないぞ。

「こう変えてきましたか」

ファートラはおいしそうな顔をしないので、表情だけでは判断が難しい。

果たして、合格か、不合格か？

「麵は以前の大量生産品から、まともな製麵所に変更しましたね。あと、鶏肉《とりにく》からとれる脂《あぶら》を隠し味にしていますね。さらに特徴的なのが最初から香辛料を多く入れているところです。いろんなメニューを提供する食堂ですから、専門店のようなグツグツ煮込んだスープにはどうしたってかないません。それを補《おぎな》うために——いえ、言葉は悪いですが、隠すために香辛料を強くしてスパイシーな方向にシフトさせた。コストを大幅に上げることなく、顧客の満足度を高めるにはベストと言わないまでも、ベターな策だと言えるでしょう」

文字数が多い。

「ファートラ、お前、ラー・メント大好きなんじゃな。何も言わんから知らんかったわ」

「いえ、そんなことはありませんよ」

ここでも鉄仮面みたいに表情が変わらんから、素で言ってるのか、高度なギャグなのか、誤魔化そうとしているのかわからん。

「今度、おぬしがおいしいと思うラー・メントの店に連れていってくれんか？」

「ご要望には沿いかねます」

あっさり逃げられた。

「ラー・メントは多人数でがやがや食べるものではありませんから」

おそらく、ラー・メント好きだな……。

ふいに、にぎやかな声が聞こえてきた。

「おお！　本当にきれいになった！」「ほかの省に自慢できるよね！」「テラス席使おうよ！」

まだ、お昼には少し早いというのに、もう職員がやってきはじめた。

席は次々に埋まっていく。

「十二時前から十二時台の混雑率を超えているようです。リニューアル直後という話題性もありますが、悪くない船出となりそうです！」

ヴァーニアは食堂を見渡して、そう言った。

まるで自分の子供の活躍を見守る母親のような目で。

「うむ、よくやったの、ヴァーニア」

食堂のレベルがあまりに低かったせいで、結果として部下の才能が花開いて、成長したように思う。

何がプラスに作用するか、わからないものだ。

◇

一週間後。

わらわが大臣室に入ると、なにやらリヴァイアサン姉妹がもめていた。

「やめときなさい！」

「姉さんはほっといてください！」

「ほっとけないに決まってるでしょ！」

「一時《いっとき》の気の迷いじゃないんです！」

この二人、性格はまったく違うが、仲は悪くはなかった。

このもめ方は尋常なことではない。

「おいおい、どうした、どうした？」

「上司、お願いがあります！」

そのヴァーニアの雰囲気は、食堂リニューアル計画を打診してきた時とよく似ていた。

もしや、ほかの省庁の食堂までリニューアルするなんてことを言い出す気か？

「これを受け取ってください！」

わらわが受け取った紙には――

## 辞表

と書いてあった。

「……………えっ？」

「わたし、ヴァーニアは食堂リニューアルに参加して、自分でも店を持ちたいと思いました！　退職してよい料理人になります！　今までありがとうございました！」

上司としての直感が告げていた。

これは受理してはダメなやつだ。

「いや、待て待て！　もうちょっと落ち着いてから判断せい！」

「そうよ、そうよ！　あなたがお店の経営なんてできるわけないでしょ！　自分の店には国の金も使えないのよ！」

わらわとファートラが必死に引き止めた。

「大丈夫です！　銀行からお金を五百万コイーヌほど借りれば起業できますから！」

「せめて、全部自費で起業できるようになってから辞めよ！　おぬしが金を借りるのは怖い！」

「そうそう！　料理は趣味で作ればいいでしょ！　現実との板挟みにあって闇堕ちしそうだからやめときなさい！」

ヴァーニアの退職騒動は三日ほどで沈静化した。

部下の才能が開花すればいいというものでもないらしい……。

翼のない官僚がずるずるずるずると建物の隅《すみ》に流されていく。

「うあああ！」『もっと安全運転してくれ！』『腰を打った！』

阿鼻叫喚《あびきょうかん》の中、リヴァイアサン形態となったヴァーニアは快調に目的地を目指して、飛んでいく。

戦艦みたいなものだから速度は知れているが。

今回は乗客が多い。全部で六十五人もいる。

なお、六十五は十三の倍数なので魔族的に縁起《えんぎ》がよいのだ。

「やっぱり、ファートラに乗るべきじゃった気がする……」

わらわは自分の翼でぱたぱた建物の中に浮かんでいた。

浮かぶのもまあまあ疲れるので、あとで吊革《つりかわ》にでもつかまるつもりだ。

横のファートラは「シートベルト」という拘束具《こうそくぐ》つきの椅子《いす》に座っている。

揺れが大きいヴァーニアに新たに搭載《とうさい》されたシステムらしい。

たしかにこうやって体を固定すれば、比較的安全だ。

「嫌なことは先にやっておくほうがいい――これは官僚の鉄則です。往路は大パニックだけど復路はわたしの安全運転というほうがマシですよ。とくに復路は気がゆるんでいる人も多いですからね」

「ううむ……しかし、目的地に着く前にケガ人が出てしまうては、せっかくの省内大旅行が台無しじゃぞ……」

「この程度のことでケガをする弱虫は今回の参加者にはいないはずです。よって、何も問題ありません」

ファートラは椅子に座りながら、本を読んでいる。酔いそうな気がするが、大丈夫なのか。

「それと、あくまでも出張を伴《ともな》った研修です。慰安《いあん》旅行ではありません。業務ですから、そこのところ、お間違えのないようにお願いします」

わらわが出張目的の本音のほうを口にしたので、ファートラが建前《たてまえ》のほうを言った。

「あ、ああ……そうじゃな。よーし、しっかり温泉で研修するのじゃ！　農業について学ぶぞー！」

その時、『ピンポンパンポン』という声がした。

ヴァーニアが何か話す時の合図だ。

なお、『ピンポンパンポン』も本人の口で言っている。何か連絡や注意を言うぞという意味の呪文《じゅもん》みたいなものらしい。

『揺れが多くてすいません。ちょっと今日は大気がほこりっぽくてですね～、わたしも鼻がむずむずするんです。なので、くしゃみをした時とか、もっと大きな揺れが発生する危険がありますのでご注意くださ～い。甲板《かんぱん》に立ってたりすると、落下のおそれもあるので空を飛べない方は絶対に外に出ないでくださいね～』

ヴァーニアの呑気《のんき》なアナウンスが響いて、悲愴《ひそう》な叫びが参加者から起こった。

「そこまで危ないんだったら乗せないでくれ！」「こんなんだったら、酔いつぶれてるロック鳥につかまるほうがまだ安全だ！」

ごもっともな批判だが、仕方ないのだ。

旅費は節約しなければならなかった。

経費が大きすぎると、たんなる慰安旅行だろと責められるリスクも高まるからな……。

「まあ、どうにかなるじゃろ……。ケガしても研修中のことじゃから、労災が下りるはずじゃ……」

◇

事の発端は、ヴァーニアの勤務中の一言だった。

「温泉、行きたいですね」

「そんなん、城下町に『煉獄《れんごく》の湯』があるじゃろ。夜も遅くまでやっとるから、入ってから帰ればよい」

『煉獄の湯』はよい公共浴場だ。泉質は超酸性の魔泉《ません》なので、湯船で眠ってしまったりして長時間入りすぎると、溶けてしまう危険があるが。

「いえいえ、ああいうこぢんまりした銭湯じゃなくてですね、本格的な温泉ですよ。もちろん泊まりがけのやつです」

「ふうん」

わらわは生返事をして、書類を読んでいる。

「上司、真面目《まじめ》に聞いてないですね」

ちょっと、ヴァーニアががっかりした声を出した。

書類に目を落としているので、わらわは表情まで確認していない。

「あなたこそ、真面目に働きなさい。勤務時間中よ」

わらわの右側に座っているファートラが正論を言った。ちなみにその逆側にはヴァーニアが座っている。両サイドに秘書がいる態勢になっている。人間と戦ったボスの配置の名残《なごり》らしい。

「そういえば上司って、あんまり趣味がないですよね。休日も遊びに行ったとか、そういう話、全然聞きませんし」

ヴァーニアがまた失礼なことを言ってきたが、事実といえば事実なので強くは反論しづらい。

これでも、魔王様に連れ回されたりして以来、出歩くことは増えたが、旅行好きですと言えるほどではない。

あと、休日になると体が動きたくないと言ってくるのだ。

「休日は、主に屋敷でごろごろしておる。ほかに何かすることなんてあるか?」

「いや、あるでしょ! 料理作ったりとか、観光したりとか、いくらでもありますよ!」

「え〜、休日ぐらいごろごろさせてほしいのじゃ。休む日と書いて、休日じゃぞ」

わらわはヒラの時代から無趣味だった。

しいて言えば、酒を飲んでだらだらするのが趣味だった。

農相になってしばらくの間は農相をやることでいっぱいいっぱいだったから、やはり趣味らしいことは何もやってない。

しかし、農相をやる破目《はめ》になってから、早くも百年以上が過ぎている。

そう、百年以上だ。

同じような仕事をしていると、時間が流れるのも早いと聞いていたが、それは本当だ。

農相の仕事に慣れてしまった結果、最初の十年が過ぎたあたりから、一気に時間経過が加速した気がする。

いいかげん、仕事に余裕もできているし、趣味を作るのはともかくとして、そろそろ変わったことをやってもいいかもしれない。

ヴァーニアほどではないにしても、遊び心はわらわの中に育ってきている。知らない土地に行くことを楽しむ程度の心のゆとりもある。

「わかった。それじゃ、温泉に行くか」

書類に承認を意味するサインをさっと書きながら、わらわは言った。

それから、ヴァーニアのほうを向いた。

「旅程はおぬしが立ててよ。温泉に行きたいと言うとるぐらいじゃから、いい場所を知っておるんじゃろう?」

「え、ほんとですか? ほんとにいいんですか?」

ものすごくヴァーニアは喜んでくれている。

それだけ反応がいいとわらわも上司としてうれしい。

「ほんとに全部お金出してくれるんですか？　上司、太っ腹です！」

「おい！　おごるとまでは一言も言っておらんぞ！」

酒をおごるとかそういう次元ではない。どれだけ払わせる気なのか。

「な～んだ。てっきり、長年の秘書の働きに対して、それぐらいしてくれるかと思ったのに……」

「おぬしの尻ぬぐいしたケース、一つずつ丹念《たんねん》に列挙していってやろうか？」

定期的にヴァーニアはミスをやらかす。これは性格の問題だから治らないだろう。事実、百年治っていない。

なお、この間、ファートラは無言で仕事をしている。あと三分ぐらい雑談《ざつだん》をしていたら、いきなりキレる危険があるので、その加減を考えて雑談しないといけない。

「あ～、上司のお金で温泉行きたいな～。これも福利厚生の一環ですよ～」

こいつ、厚かましすぎるだろうと思ったが――

福利厚生という言葉が頭に残った。

「そういえば、農務省って社員旅行みたいなの、やっとらんな」

「職員数が多いので、そうそう開けなかったのだと思います」

ファートラはやっぱり話は全部聞いていたらしい。さっと話題に入ってきた。

「そうか、そうか。まあ、前例がないなら作ればよいか」

ここで作ろうと思えるあたりが、農相を百年やって成長したというか、慣れたところだ。

わらわは立ち上がって、部屋にある本棚から一冊本を取り出した。

農業に関する新聞記事の切り抜きが載っているものだ。

「半年ほど前によいものがあった気がするぞ」

ぺらぺらぺらとめくると、やがて、こんな見出しが視界に入ってきた。


**温泉でもやし、すくすく成長！**

**短期間で出荷、種類もいろいろ**

わらわはほくそ笑んだ。

これはいける。

「ヴァーニア、ファートラ、研修に行くぞ」

ヴァーニアが研修という単語を聞くと嫌そうな顔をしたので情報を追加した。

「目的地は温泉じゃ」

◇

そこから先は早かった。

あくまでも研修になるように、しっかりと通すところは通し、六十五名での旅行……じゃなくて研修を実現させたのだ。

目的地の温泉がある火山は人間の領土だが、山岳地帯で実質、ドラゴンしか住んでいない。ドラゴンは魔族程度にビビったりしないから、トラブルにもならないだろう。

遠方でないと、旅行っぽさも出ないし、日帰り可能だと、宿泊費が支給されないのだ。

ちなみに交通費はリヴァイアサンに乗ることで一切かからないようにした。もし、全員分の旅費を税金で出したら、さすがに言い逃れできないだろう。宿泊費は六十五人で泊まるからということで、宿側に低く抑えさせた。

これで見事に、旅行……じゃなくて研修が形になったのだ！

ヴァーニアの運転は無茶苦茶に雑だったが、定刻どおりにロッコー火山のふもとに到着した。

「こういうところはちゃんとしとるのじゃな」とファートラに言ったら、「妹は長く遊びたいだけだと思います」と返事が来た。

「あくまでも、研修なんじゃぞ」

「そうですね、あくまでも研修ですね。私もわかっています。しっかり満喫《まんきつ》いたしましょう」

ファートラは本音と建前の使い分けが上手《うま》いなと思った。

ロッコー火山にはレッドドラゴンという口から炎を吐《は》く種族が住んでいる。

ドラゴンにもいろいろな気質のがいるが、レッドドラゴンは真面目で善良だという話だ。また、プライドが高めという話もある。

でも、レッドドラゴンの中にも卑屈《ひくつ》なのもいるだろうし、こういう、どの地方の出身者はこういう性格だみたいな俗説は魔族の土地にもあるが、話半分に聞いているほうがいい。

着いたところには角《つの》の生えた男が立っていた。ドラゴン族は人間に姿を変える時は、角が出るので、見分けがつく。少なくとも普通の人間では絶対にない。

「お待ちしておりました、魔族ご一行様」

「うむ、農相のベルゼブブじゃ。早速、温泉……を使っているという野菜の栽培《さいばい》場所へ連れていってくれんかの」

ここは火山があるおかげで温泉も湧いているのだ。

「はい。こちらです。ご案内いたしますね」

わらわを先頭に参加者たちがぞろぞろと歩いていく。

かなりの人数なのでドラゴン族の中には不思議そうに見ている者もいた。

「今回は、リヴァイアサンのヴァーニアさんから熱心なオファーを受けました。こちらもできるだけ皆さんに楽しんでもらえるように努力しましたよ」

「ああ、ヴァーニアという奴《やつ》はそういうことには、やる気になるのじゃ」

ちらっと見たら、ヴァーニアはやりましたよという顔をしていた。

右の親指まで立てていた。調子がよすぎる。

「すぐれた部下をお持ちでうらやましいですよ」

この発言はリップサービスなのだろうが、部下を褒《ほ》めてもらえるのはうれしいものだ。ヴァーニアも大切な秘書官だ。一回、辞表を提出しようとしてきたけど……。

普段の仕事もこれほど乗り気になってくれれば最高だが、もはやそれはヴァーニアではなく別の何者かだろう。

やがて、わらわたちは目的地に着いた。

まずは温泉でもやしを育てている施設。

「もやしは一番よく育ちますね。収穫の効率もいいです」

「ふむ、こころなしか、もやしもしゃきっとしておるように見えるのう」

農務省らしい仕事だが、社会見学っぽさもあって、なかなかいい。

そこでヴァーニアがぽんぽんとわらわの肩を叩《たた》いてきた。

「上司、本日は試食用のものを用意してもらっていますよ。そのあたりも交渉しました！」

「おぬし、ほんとにはりきっておったんじゃな……」

わらわのところにも、ドレッシングのかかったもやしの皿が渡された。

「ふむ、なかなか美味――」

**「うま――――――いっ！」**

横でヴァーニアが大声を上げた。

「なんじゃ、なんじゃ！　うるさいのう！」

「これまでに食べたもやしと全然違いますね！　弾力があって、青臭くなくて、どことなく甘みもあります。こんなに自己主張のあるもやしは初めてです！」

「おぬし、もやしにテンション上げすぎじゃろ！」

「それぐらい感動したんですよ！　ほら、生産者の方も喜んでますよ！」

たしかに農家のドラゴンたちも作ってよかったという顔をしていた。

その次は温泉水を使って育てたニンジンの栽培場所へ行った。

また試食があり、焼きニンジンが出た。試食はどんどんやるスタイルらしい。

「うん、しっかりと味が――」

「うまーーーーーーいっ！　なんですか、この甘さは！　まるでフルーツですよ！　ほくほくして、もう自分の知ってるニンジンとは別の食べ物ですね！　これはいいですね！　ニンジンの価値観がわたし、変わっちゃいました！」

すっとファートラがわらわの横に立った。

「すいません、妹ってこういうところで、ものすごくノリがいいんです……。派手でかえってうさんくさく見えるかもしれませんが、本人は誇張してるつもりはないんです。今日は終始、このノリが続くと思いますので我慢《がまん》してください……」

「わかったのじゃ……こういうものであると諦めておく……」

それ以降もヴァーニアはそのテンションでいろんなものを試食していった。

・ニンニク

「うまーーーーーーいっ！　もう、スタミナのかたまりですね。一つ食べたら一週間戦えちゃうというか。満点ですね！　地の果てまで飛べますよ！」

・タマネギ

「うまーーーーーーーいっ！　甘い！　本当に甘い！　タマネギって辛《から》みがあるじゃないですか。そういうのが全然ないんですよ。温泉と土から栄養をぎゅっと凝縮《ぎょうしゅく》した感じがありますね！　まるでフルーツですよ！」

「おい！　タマネギの食レポ、ニンジンとかぶっておるぞ！　フルーツみたいって言えばよいと思っておるじゃろ！」

黙っているつもりだったのだが、結局我慢ならなかった。

「しかも、冒頭、大声で『うまーーーーーーいっ！』とリアクションして勢いで誤魔化しておる！　ちょっとズルいのじゃ！」

「べ、別にいいじゃないですか……。おいしいのは事実なんですから、それを伝えてるだけですよ……」

「どうも、おぬしの調子がよいところばかり目につくというか、鼻につくというか……」

するると、ヴァーニアが右親指を突き出した。

「なんじゃ、その手は。新しいギャグか？」

「次はお酒と、お酒に合う料理が出ますから、お昼からぐいっと一杯いきましょう！」

その言葉にわらわもぐらついた。

「むっ……。そうか、昼から酒か……。研修じゃから別によいよな……」

そして出てきたのは、タマネギとたっぷりのニンニクで豚肉を炒《いた》めた料理と、キンキンに冷えた酒。

じゅるり、とわらわの口の中にも唾《つば》がたまった。

「もう、絶対に酒に合うじゃろ。そのために作ったような料理じゃろ」

「ふふふ、上司、体は正直ですねえ」

「変なことを言うでない。よいな。あくまで研修じゃからな。遊びではないからの」

そう言って、わらわたちは料理を口に入れてから、酒で流し込んだ。

「くはーっ！　うまーーーーーいっ！」


わらわとヴァーニアの声が揃った。

それから、勢いでグラスをかちんとぶつけて乾杯していた。

「おぬし、ようやったの！　合格じゃ！」

「じゃあ、昇給お願いします！」

「それとこれとは話が別じゃ」

「そこで冷静になっちゃうんですか！」

わらわとヴァーニアの様子を見ていたファートラが少しだけあきれた顔をしていたが、料理はすべて食べて、酒も飲んで頬を赤くしていた。

なんだかんだで楽しんでいるのだろう。そういうのは長い付き合いなのでわかる。

「さて、研修は終わったし、宿に向かう頃かのう」

と、そこにわらわたちを案内してきたドラゴンの男が少し遠慮した調子で近づいてきた。

「なんじゃ？　トラブルでもあったか？」

「すみません、ベルゼブブ様。娘がですね、一度ベルゼブブ様とお手合わせをお願いしたいと申しておりまして……」

ドラゴン族は、一般に好戦的な気質があるという。

レッドドラゴンの場合は好戦的というよりは、尚武《しょうぶ》の気風があると言ったほうがいいかもしれない。

「ベルゼブブ様は魔族の中でもトップレベルのお力をお持ちということで、娘が興味を持っているのです……」

たしかにわらわは農相になってから必死に修練に励んで、魔族の中でも実力者となった。

今のわらわを無力であるとバカにする奴は魔族の中には一人もいないだろう。

「よかろう。しかし、ケガをしても自己責任じゃぞ」

ＯＫを出すと、角の生えた小娘がやってきた。

「ライカと申します。我らレッドドラゴンの中で最強、いえ、いつかはドラゴン族最強となれるように精進《しょうじん》しているところです。どうか、お手合わせをお願いします！」

まっすぐな目だ。

強くならないといけないともがいていた、かつての自分と重なる部分があった。

わらわは腕組みしてうなずいた。

「炎を心置きなく吐ける広い場所に連れていけ。おぬしらはドラゴンの姿にならんと本当の力が出せんじゃろ」

旅行先でまで戦うことになるとはな。

わらわたちの生きる世界は、平和な時代でもやはりどこか血なまぐささが残っている。

だだっ広いところに移動すると、ライカという娘はドラゴンに姿を変えた。

「うむ、なかなか強そうではないか。体も張っておる」

「参ります！」

「来るがよいっ！」

そうして、ライカと自分はそれなりに激しい戦いをした。

結果は――


わらわの圧勝だった。


わかっていたことだ。ドラゴンごときに負けるほど弱く鍛《きた》えてはいない。

五分もやると、ライカは人の姿に戻って、そのまま地面に寝転がっていた。

肩で息をしているから、ギブアップということだろう。

「まだまだじゃな。錆《さ》びた武器で襲いかかってきとるようじゃ」

「どこがダメだったでしょうか？」

澄んだ瞳《ひとみ》でそう尋ねられた。

悔《くや》しさよりも強くなりたいという意志のほうをはっきりと感じる。

「今のおぬしは必死すぎる」

「必死では、いけないのでしょうか……？」

わらわの言葉が小娘は理解できていないようだ。

「懸命なのはよい。しかし、おぬしはたんに余裕がないのじゃ。おかげで目の前のものしか見えておらん。そのせいで隙がいくらでも生まれておる。張り詰めた糸を切るのが簡単なのと同じじゃな」

わらわは昔のことを思い出して、笑いそうになった。

リヴァイアサンの秘書官二人にどれだけ鍛えてもらったことか。

それと、魔王様からは視野が狭いと教えられた。

「まあ、そのうち殻を破れるじゃろう。その錆を取り除け。よく研いでやれば、同じ武器でも威力がまったく違ってくる。人生は長い。必死でやり続けたら、どっかでわかることもある。それでもわからんかったら、そうじゃのう……」

わらわは少し離れたところで立っている秘書官二人に視線をやった。

「自分と全然違うタイプの奴を師にするというのもよいかもしれんな」

「はい！」

いい声だ。親はよほどしっかり教育したようだ。

わらわもこんな娘ならほしい――が、結婚が猛烈に面倒《めんどう》くさいな……。

「あとは、たまには遠いところに行くのもいいかもしれぬのう。ここにおってはドラゴンしか見ないことになる。州一つにもいろんな奴が住んでおるはずじゃ。おぬしみたいに若いのでも、同じ州ぐらいなら旅の許可が出るじゃろう」

「で、ですが、この州の中ではレッドドラゴンが最強だと昔から言われていまして……。それより弱い者のところに赴いてもあまり意味が……」

この小娘の不幸なところは、最初から強者にもまれて暮らしてしまったことかもな。

わらわみたいに挫折を知らんと得られぬ強さもあるのだが、挫折するぞと思って挫折はできない。

「もしかすると、隠れた強いのがおるかもしれんじゃろ。おぬしには立派な探求心があるのじゃから、それを外側にも向ければいいだけじゃ」

「はいっ！」

ライカという小娘は立ち上がると、丁寧に「ありがとうございます！」と礼をした。

「また、どこかで会った時はよろしく頼むぞ。こんな短い時間のことじゃから、忘れとるかもしれんがのう」

わらわは娘に手を振って、宿のほうへと足を向けた。

旅行中のハプニングもいいスパイスと言えなくもない。

◇

一汗かいて、わらわたちはロッコー火山の温泉宿に向かった。

わらわは秘書官二人と三人部屋に泊まることになっている。そこは農相なので、ほかの連中よりグレードの高い部屋に少人数で泊まらせてもらう。

夕食まで時間があるので、部屋付きの露天風呂でひとっ風呂浴びることにした。

「あ～～～～～～～～、いいお湯ですね～～～～～～～～～～」

「ヴァーニアよ、語尾を伸ばしすぎじゃ」

「いいじゃないですか～～～～～～～～」

「じんわりしますね」

ファートラの表情も今はゆるんでいる。温泉の効能だろうか。

「たまには、こうやって休息もとらんといかんのう」

「あくまでも研修ですけれどね」

「ファートラは固いのう」

わらわはファートラの髪をわしゃわしゃやった。

「もう！　ベルゼブブ様まで悪ふざけしないでください」

「どうせ、髪はかわかすからよいじゃろ。まあ、農相になった頃は怖くてこんなこと、できんかったけどな」

ザコの魔族がリヴァイアサンにふざけるなんて命知らずもいいところだった。

わらわもやっと農相らしい立場になれたと思う。

ベルゼブブという名前にも名前負けしなくなった。

「ベルゼブブ様が農相になって、私はよかったと思っています」

ぼそりとファートラは言った。

「魔族の世界も先代の魔王様が人間との争いをやめてから、変わりはじめています。その時代に合うように様々なことを変えていかないといけない。そのためには、ベルゼブブ様のように新しい人材が必要だったんです。その点、今の魔王様は慧眼《けいがん》だったのかなと」

やはり、裸の付き合いというか、温泉だと普段言いづらいことも言葉になって出てくるらしい。

ただ、ちょっとタイミングが早すぎる。

「まだ、ありがとうとは言わんぞ。少しだけ待っておれ」

「はい、独り言だと思っていてください」

「ちなみにじゃが……今のわらわの農相としての点数は何点じゃ？」

少し考えてからファートラは言った。

「九十三点ですね」

かつて七十五点と言われた時よりはかなり上がったな。

「なんか、中途半端な数字じゃのう」

「マイナス二点は今、髪をいじったからです」

「いじる前に尋ねればよかったわい！」

「それと、残り五点は、さらにベルゼブブ様が進化するかもしれないので、残しておきます」

「今から進化となると、なかなか大変じゃ」

五点を十点にするのと、九十五点を百点にするのとでは難しさが全然違う。

とにかく、農相として合格点と考えておこう。

それとも、温泉のせいで採点基準が甘くなったのだろうか？

◇

夕食は宿の大広間でみんなが集まって一斉にとる。

テーブルには今日、試食したような野菜も置かれているが、ドラゴンが経営する宿だからなのか、肉料理のほうが多い。

もう、早く食べたいと顔に書いてある参加者も多いが、悪いがもう少しだけ我慢してもらおう。

わらわはグラスを持ってゆっくりと部屋の前に出た。

乾杯の式辞《しきじ》を述べる役だ。

自然とざわつきが収まって、静かになる。

これもわらわが信頼を勝ち取った証拠なのだろう。

「みんな、今日は楽しんでくれたかのう？　たまには、こんな日があっても罰《ばち》は当たらんじゃろう」

照れくさくはあるが、こういう時だからこそ、言葉にしなければ。

「本当に、長い間、みんなありがとう」

わらわは親密な相手にするように頭を下げた。

「わらわはまともな夢も希望も抱かずにだらだらと日々を空しく過ごしておるだけの存在じゃった。最初は農相にされたことも訳がわかっておらんかったし、面倒なことになったと魔王様を呪いもした。あ、ガチで呪詛《じゅそ》の魔法をかけたわけではないからの？」

ここは笑うところだったのだが、誰《だれ》も笑ってない。

外した！　これなら、余計なことは付け足さなければよかった！

『受けるスピーチの本』というのを読んで勉強したのに……。ちょっとしたギャグを序盤に入れておけと書いてあったのに……。

いや、プラス思考だ。

それだけみんな真面目に聞いてくれているということだ。

ならば、真面目なままいけばいい。

「無論、このままではまずいとわらわなりに努力もした。その努力を否定する気はない。じゃが、おぬしらが支えてくれんかったら、何もはじまることはなかった。すべてはおぬしらのおかげじゃ……」

話しているうちに、だんだん目に涙がたまってくる。

しょうがない。今更泣き顔を見せたからといって、笑う者はいないだろう。

「ありがとうな……。そして、これからもわらわを支えてほしい。わらわも昔ほどは迷惑をかけずに仕事もやれるとは思う。どうせなら、歴代最高の農相と……言われるように……」

「ベルゼブブ卿《きょう》、万歳！」

いきなり声が上がった。

ヴァーニアが立ち上がって、泣きながら叫んでいた。

「ベルゼブブ卿、万歳！　ベルゼブブ卿、万歳！　今だけは上司とか農相だとか呼びませんよ！　貴族だからベルゼブブ卿です！　我らがベルゼブブ卿万歳！」

ベルゼブブ卿万歳。

その声はやがて部屋全体に広がって、しばらくやむことはなかった。

研修を企画して本当によかった。

わらわと農務省のメンバーはいまや、強い絆《きずな》で結ばれている！

「おぬしらは最高じゃ！　農務省は永遠じゃ！」

◇

——四時間ほど後。

「おぬしら、いいかげんにせんかー！」

わらわは部屋中、および廊下中を怒鳴《どな》って歩いていた。

そんなわらわの頭にも背後から高速で飛んできた枕が当たる。

後ろを振り返ると、部長級の官僚が「しまった」という顔をしていた。

「おぬしら、いつまでこんな子供じみたことをやっとるんじゃ！　何が枕投げ戦争じゃー！」

きっかけは些細《ささい》なことだった。

どこかの部屋で、なかば冗談で枕投げがはじまったらしい。

その部屋の連中は途中で仲のいい者が何人もいる部屋に、枕を持って「襲撃」に向かった。

相手部屋の連中もふざけて「報復」を行った。

それに対する「報復」もまた起こる。

そんなことが続いて、だんだんと枕投げは規模的にもエスカレートしていき――

ほとんどすべての部屋が、東軍・西軍どちらかについて争うという未曾有《みぞう》の事態になっているのだった……。

これが子供の遊びなら、どうということはないが、ここにいるのは大半が上級の魔族である。枕の威力だけでも恐ろしいものがある。すでに部屋の一部が損壊したという情報もあった。

戦争というのは、こんなふうに起こってしまうものなのかもしれない。

誰も望んでいなかったのに、いつのまにか起こる……。

いや、しんみりしている場合じゃない。

この枕投げ戦争は現在進行形なのだ……。

「おぬしら、わらわにこれ以上、恥《はじ》をかかせた場合、どうなるかわかっておるんじゃろうな？　絶対に、絶対に、許さんからな！　もうひとっ風呂浴びて、とっとと寝ろ！」

そうやって、停戦命令を発しながら進んでいると――

階段の踊り場で様子をうかがっているヴァーニアを発見した。

「ふっふっふ。わたしがここにいるとは敵も気づいてないでしょうね」

「じゃが、わらわは気づいておるぞ」

「げっ！　上司！」

むしろ、秘書がこんなことをやってて、こっちが「げっ！」と言いたいわ。

「おぬし、マジで減給にするからな……？　覚悟しておれよ。即刻やめて部屋に戻れ……。あと、まさかとは思うが壁を壊したの、おぬしではないよな？」

というか、なんで頭に「必勝」なんて書いてあるバンダナ（？）をしているのか。そんなの、どこで買った？

「上司、魔族たる者、戦わねばならない時があるんです。それが今なんです」

よく、そんな真面目な顔で言えたなと思うほど、ヴァーニアは真面目な顔をしていた。

「わかった。わらわが実力行使で止めることはせん」

「ありがとうございます！　さすが最高の農相です！　ベルゼブブ卿万歳！」

「――じゃが、おぬしの姉がどうするかは知らぬ」

背後から、ファートラが思いっきりヴァーニアの頭を叩いた。

「ぐはあっ！　いつのまに後ろに⁉」

「バカなことやめて戻るわよ。聞かないなら足を縛って階段から突き落とすから」

「は、はい……」

姉には勝てなかったか……。

おそらく、大昔からあの姉妹はあんな関係性なんだろうな……。

そのあと、停戦には一時間ほどかかり、わらわは農相として、宿のオーナーにぺこぺこ頭を下げた。壁の一部は本当に壊れていた。

農相、辞《や》めようかな……。

もう百年もやったしな……。

いや、無理だ。

魔王様に辞表を提出する勇気がない……。


ただ、その研修をきっかけに、わらわに本格的な趣味が一つできた。

今では、休日を見つけると、ちょこちょこと各地を旅行するようになったのだ。

人間の土地をそうっと訪れることも増えている。

今の地位になって百年以上が過ぎて、ようやくわらわも外側の知らないものを見る余裕が生まれたのかもしれない。

どうか、
お手合わせを
お願いします！

よかろう。
ケガをしても自己責任じゃぞ！
ヒラ役人やって1500年、魔王の力で大臣にされちゃいました
She works as a public employee for 1500 years

# 空から迷惑な奴《やつ》が落ちてきたのじゃ



「う～ん。暇《ひま》ですね～。ありがたいですね～」

「ヴァーニア、不吉なことを言うでない！　そういうことは口に出さずに、心にそっとしまい込んでおくのじゃ！」

　勤務時間中にヴァーニアが変なことを言うものだから、注意した。

「え～？　暇ですって言いながら庁舎を歩き回ってたら問題ですけど、大臣室の中ならよくありませんか？　それに、秋の収穫も無事に終わって、うちに来る仕事も減ってるのは事実じゃないですか」

　ヴァーニアは納得がいってないらしい。

　このあたりはファートラのように察してくれはしない。

　なお、ファートラのほうはわらわの逆側で淡々《たんたん》と仕事をしている。こんな話に入る気はないという強い意志を感じる……。でも、どうせ全部聞いているんだよな。

「あのな、一年を通じて相対的に暇な時期に来ておるかもしれんが、やるべき仕事は毎日ある。じゃから、我々も仕事をしておるわけじゃ。それと――繰り返すが不吉じゃろうが」

「わたし、呪《のろ》われたりなんてしてませんよ？　それとも、この部屋、お化けでも出るんですか？

わたし、そんなに見えない体質なんですけど」

「違う！　暇だと口にするのがよくないのじゃ！　いかにも、厄介事が来る前提を作っておるようじゃろうが！」

こういうのは不思議なもので、暇だなとか落ち着いているなとか意識すると、どこからともなく仕事がやってくるのだ。

そんな法則はないと思うが、なぜかそうなることが多い。

これでも、自分がヒラの頃はまだよかった。

なぜなら、ヒラがやれる仕事の範囲がごく狭いものだからだ。

突然湧いてきたり降ってきたりしたように感じる変な仕事は、ヒラが対応するものではない。それは責任のある立場の奴がすることだ。

だから、農相になってしまったわらわは、仕事が湧いたり降ってきたりしないか警戒しているのだ。

「上司は心配性ですね。じゃあ、この三日で面倒《めんどう》な仕事が来たら、コース料理でもおごりま――」

扉がいきなり開いて、部長級のサイクロプスが入ってきた。

「大変です！　ヴァンゼルド城外の東部農場にドラゴンが墜落したとのことです！　東部農場に向かっていただけますか？」

わらわはぽんとヴァーニアの背中に手を置いた。

「コース料理、おごるのじゃぞ」

わらわはとってもいい笑顔で言ったと思う。

「いえ、あれはタイミング的にわたしが宣言しきる前に起こったことなので、無効という考え方も――」

「ほぼ言い終わっているから、宣言としては成立しておる。ちゃんとやれよ」

仮におごってもらったとしても、面倒な仕事が消えるわけではないのだが……。

◇

わらわと秘書のリヴァイアサン二人は東部農場へと向かった。

リヴァイアサンでも行ける距離だが、出発する場所も着陸場所もないので、中型のワイヴァーンに三人で乗った。これが最《もっと》も早い。

当たり前だが、ヴァンゼルド城下町の人口は多い。魔族最大の都市である。

となると、その人口をまかなうだけの食糧を調達しなければならない。

これをすべて遠方から運ぶのでは効率が悪すぎる。なので、必然的に都市の近くに田園《でんえん》地帯ができるというわけだ。

この話は、魔族に限ったものではなく、人間の世界でも都市の後背地には田園地帯があるらしい。論文にそう書いてあった。

わらわたちが目指しているのも、そういった田園地帯の一つだ。

「天気自体は少し肌寒い程度で、荒れたりはしていないですね。ドラゴンが墜落するような様子はないですが」

ファートラはワイヴァーンの上で、すでに今回、提出するための書類をぱらぱらめくっていた。

「ドラゴンたちは少しでも種類が違うと苛烈《かれつ》に争ったりするからのう。どこかのドラゴンが抗争を起こし、こっちにまで逃げてきた可能性もある」

ドラゴンの多くは人間の土地の山中に住んでいるが、魔族の土地に住んでいる者もいるし、素早い移動ができる奴らにとって、多少の距離はあまり問題ではないのだ。

「あんまりドラゴンとは戦いたくないですね……」

ヴァーニアは青い顔をしている。ヴァーニアはむしろコース料理の心配でもしておいてくれ。

「その点はあまり気にせんでもいいじゃろ。ドラゴンはドラゴン同士ではよく仲たがいするが、ほかの者にケンカを売ることはあまりない。もらった第一報からしても、墜落したのは一体じゃろ。戦争を仕掛けてきたわけではないわい」

「落ち着いてらっしゃいますね。農相の風格があります」

ファートラが突然褒《ほ》めてくるのでくすぐったい。

「トラブルが多いので慣れてきたのじゃ……」

ドラゴンぐらい軽いものだと思っていたら、やがて東部農場が見えた。

真ん中に巨大な何かが土をえぐって、しばらく止まれずに農場を突き進んだ形跡があった。

「葉物野菜に大打撃が生じておるな……」

わらわたちは事件現場のほうへと降りていった。

目的地はわかりやすかった。

ドラゴンが本来のサイズで土の上に座っていたからだ。

人の姿になられると、実況検分がしづらくなるからな。

わらわは現地の担当官からドラゴンの前へと案内された。

ドラゴンは眠そうな顔をしている。

胸にべっとりと土がついている。おなかから落下したのか。

「農相のベルゼブブじゃ。おぬしが今回の畑荒らしの犯人じゃな?」

「ふあ~~~~~~~~~あ」

デカいあくびから入ってきた……。正直、イラッとはした。

「うん、そうなのだ。このブルードラゴンのフラットルテ様がやったのふぁ~~~~あ」

「フラットルテと言うのじゃな。ブルードラゴンといえば、とくに好戦的という話をよく聞くが、ほかのドラゴンと戦いでもして、逃げてきたのかのう?」

「違うのだ」

そのドラゴンは首を横に振った。

「今は平和にやってるぞ。むしろ、暇すぎて一日中寝てる時もあるぐらいだ」

わらわはまたイラッとした。

お前のせいで仕事が増えたぞ……。

「だったら、どうしてこんなことをした？　事情を知りたいのじゃ」

「ぷは～っ」

ドラゴンが息を吐いた。

その息がわらわたちのほうにかかった。

「うわっ！　このドラゴン、すっごく酒臭いです！　飲酒運転ですよ！」

ヴァーニアが鼻をつまんだ。たしかにその息だけで酔いそうなぐらいだった。

「やることがなさすぎて、長時間、酒盛りをしていたのだ。夕方にはじまって、本格的に夜になる前に終わったなあ。それで酔い覚ましに飛んでたら、墜落した。ふあ～あ……」

不思議なことをこのドラゴンは言った。

ウソをついている可能性もあるので、慎重に聞こう。

というか、もう、ドラゴンなんて軍隊にでも引き渡して終わりにしたいのだが……なんでよりにもよって農場に落ちる……！

「夕方から本格的に夜になる前だなんて短時間ではドラゴンは酔いつぶれんじゃろ。本当のことを話すのじゃ」

「ウソは言ってないぞ。フラットルテ様はバカ正直者で有名なのだ！」

そこにバカをつける意味はないのでは……。

「じゃあ、酒の一気飲みでも延々《えんえん》とやっておったのか？」

「四日前の夕方から酒盛りを開始して、昨日の夜になる前に終わったのだ」

「酒盛りが長丁場すぎるぞっ！」

聞いていた者はみんなあきれていた。スケールがおかしい。

「しょうがないだろう。みんな、暇で暇で酒盛りをするぐらいしかなかったのだ。ブルードラゴンはほぼ全員働いてないからな。ブルードラゴンはビッグだから、労働なんてせせこましいことをしたりはしないのだ」

この無職、なんで偉そうにしているんだ……？

「フラットルテよ、この農場の被害は全部お前がやったものとして認めるか？」

「ああ、そうだ。これぐらい豪快なことをやってのけるのはフラットルテ様ぐらいしかいないからな。ライバルのレッドドラゴンたちはできないのだ」

だから、偉そうにするな。

ファートラがこそこそと耳打ちしてきた。

「自分で言ってたとおり、バカな正直者ですね」

わらわもそう思う。

「罪は認めたな。それじゃ、姿を人型にできるのなら、変えてくれんか。その巨体相手に話すのはやりづらい」

「ふあ～あ。わかったのだ～」

そのドラゴンは人へと姿を変えた。

角《つの》と尻尾《しっぽ》がある人型の女が現れた。

ただし、全裸だった。

「おいっ！　なんで何も着ておらんのじゃ！」

「あっ！　裸を見たな！　破廉恥《はれんち》なのだ！」

「ふざけるな！　普通は服を着た状態で出てくるじゃろうが！」

「服は酒を飲んでる間に熱くなって脱いだ気がする」

また、ファートラが耳打ちしてきた。

「バカですね」

いちいち言わなくても全員わかっている。

そのドラゴンは最初のうちは見られて恥ずかしいところを手で隠したが、すぐにどうでもよくなったのか、偉そうに腕組みしだした。

とりあえず、こいつらが魔族の土地に引っ越そうとしても、適当な理由をつけて拒否しよう……。人間の土地の山に住んでいてもらおう……。

「誰《だれ》か、下着と作業着を用意するのじゃ……。それと、そこの全裸のバカよ、損害賠償をしてもらわんといかんのじゃが」

「金なんて持ってないぞ。あと、ブルードラゴンはほかのドラゴンみたいに黄金を貯めたりするなんてセコいこともしないのだ。手にした金はすぐ使うからな！　『蓄財は弱虫がすること』ということわざがあるのだ！」

こいつら、ドラゴンみたいに丈夫な種族じゃなかったら、すぐに滅亡してただろうな……。

「うむ……。じゃあ、農場に与えた被害額の分、働いて払ってもらうからの」

「派手にぶっ壊しただろ？　墜落しそうだなと思ってたら、ちょうどやわらかそうな土があったので、そこに落ちたのだ」

いちいち、畑を目指して落ちてきた！　迷惑極まりない！

「どれだけ働くのが嫌でも、被害額の分までは働かせるからな。そこは覚悟しておくのじゃぞ」

「フラットルテ様に任せるのだ。それに、酔っぱらって地元のブルードラゴン五十五人ぐらいとケンカになったので、ほとぼりが冷めるまでしばらくどこかに潜んでいたかったので、ちょうどいいのだ」

「ケンカした人数、多すぎじゃろ！」

ブルードラゴンの酒盛り、危険にもほどがある！

わらわはファートラに指示を出す。

「とりあえず、あのバカに合わせた労働のプログラムを作るのじゃ。それで、今のわらわたちができる仕事は終わりじゃ」

「わかりました。ちょっとぐらいこき使ってもドラゴンだから死にませんよね」

真顔で怖いことを言う……。

「それで、あのバカが暴れだすとまた被害が増える。ブルードラゴンには政府も組合も何もなさそうじゃし、あやつに働かせて返済させるしかない。ほどよく大変で、それでいて、達成感も得られるようなプログラムを作れ」

ファートラは内心でどう思っていたのかわからないが——

「すぐに取りかかります」

と部下らしくいい返事をした。

「じゃあ、わらわたちは農務省に戻るかのう」

「追加の仕事っていってもそこまでのものじゃなくてよかったですね～」

わらわは笑顔でヴァーニアの手を握った。

「おぬしはコース料理をどうにかするという仕事が残っておるぞ♪」

ヴァーニアが内心どう思っていようと、言ったことは守らせるぞ。

「わ、わかりました……。なんとかします！　わたしにも料理に関してはプライドというものがありますから！」

できれば仕事に関してもプライドを持ってやってほしいところだと思った。

◇

週末、わらわはリヴァイアサン姉妹の住む家に行くことになった。これが初訪問だ。

わらわの家にファートラがやってきて、案内してくれた。

着いたのは思った以上に職場から近い一軒家だった。

「こぎれいではあるが、リヴァイアサン本来のサイズから考えるといささか小さいのう」

「私とファートラの二人暮らしなんです。ほかの家族は実家で生活していますから」

「なるほどのう。広さより通勤のしやすさをとったのじゃな」

「あと、リヴァイアサンは元の姿が大きすぎるので、かえって狭い家のほうが守られている感じがして、ほっとするんです」

「それはリヴァイアサン共通のものなのか、おぬしの個人的な見解なのか怪しいな……」

ドアを開《あ》けると、そこに料理人の制服ともいえる白い服に身を包んだヴァーニアが出てきた。

そう、コース料理をおごるとヴァーニアは言ったが、店でとは一言も言ってない。

なので、ヴァーニアは自慢の料理の腕を披露することにしたのだ。

「本日はようこそ、おいでくださいました。レストラン『海を飲み干すクジラ館』の料理長、ヴァーニアです」

「料理長っておぬししか作る奴はおらんじゃろうが」

「ご予約いただいていたベルゼブブ様ですね。本日は『シェフのまぐれランチ』一名様でうかがっております」

どこまでもレストランという設定にこだわるらしい。それはいいのだが――

「『まぐれランチ』はおかしいじゃろ！　そこは『気まぐれランチ』じゃ！　いちかばちかの博打《ばくち》要素が名前から漂いすぎておる！」

「ご心配なく。事前に食材も用意して、自信のあるものしかお出ししませんから」

じゃあ、気まぐれでも、まぐれでもないではないか……。もう、いい。指摘するのも空しくなってきた。

だが、ダイニングに通され、そこに順番に供された料理のほうは——

非の打ちようがないものだった！

味だけでなく、まず、見た目が美しい。サラダも立体的に野菜を積み上げたようになっていて、あのいいかげんなヴァーニアが作ったとは信じられないものだった。

「本日のテーマは塔の崩壊です。季節の食材を使った滅びゆく古い塔の姿を思い起こしながら、召し上がってくださいね」

「あまり縁起がいいテーマではないのう……。じゃが、どの皿も実力は素晴らしいわい」

農相ともなると高級店での会食の機会も多いが、そういった店にまったく劣っているところがない。

肉の焼き加減一つとっても完璧だ。添え物の野菜も手抜きはない。

「むしろ、これで店を開かなかったのが不思議なほどじゃぞ……」

この発言は少し迷った。

これで自信をつけて、「じゃあ、仕事を辞めて独立します」と言われるのも寂しいからだ。

「あはは。わたしが開業するのは無理ですよ～」

しかし、あっさりヴァーニアは手をぱたぱたと振った。

こうも軽く否定するとは思わなかった。

「むっ？　おぬしが目指す店の次元とはそこまで高いものなのか？　一流中の一流でなければ店を出す意味がないということか？」

「いえいえ。お店を出すとなると、経営の手腕がいるじゃないですか～。そんなの、わたしができるわけないですって。一年でつぶれますよ～」

「ある意味、自己評価がちゃんとできておるが、それでいいのか⁉」

「姉さんに昔からさんざんお前には無理だと言われて、かちんと来て、以前、レストラン起業の本を買ったんです」

そういや、前に食堂リニューアルをやったあとも、辞めようとしてファートラに店を開くなど不可能だと止められていたな。

「まえがきを読んでるところで、もう寝ました」

「挫折が早すぎる！　きっと著者もがっかりしておるわ！」

なら、ファートラがアドバイザーとしてついたら経営も大丈夫なのではという気もしたが、それだと二人とも退職してしまうしな……。言わないでおこう。

「ベルゼブブ様、妹はこうやってたまに料理するぐらいがちょうどいいんです」

わらわの向かいに座っているファートラが言った。

「もし、仕事にしたら、せっかくの楽しい料理が面白くなくなっちゃうかもしれませんから。今のほうが妹の身の丈に合っているんです」

ヴァーニアもうなずいていたので、さすが姉は妹のことがよくわかっているということになるのだろう。

趣味をずっと趣味のままにしておくというのも正しい選択の一つなのか。

「あと、飲食店って夜遅くまで働かないといけなかったりするじゃないですか。そのくせ、高級店だといい食材を調達するために早朝に競《せ》りに行くこともあるらしいんですよね。そんなに長く働いたらミスを連発しますよ～」

「あ、うん……おぬしはやらんほうがいいの……」

オーダーどおりのものが全然やってこない店になりそうだ……。

それはそれとして。

結果的に、部下の家にもお邪魔《じゃま》できたし、今回のドラゴンのハプニングもそう悪いものではなかったかもしれない。

◇

一か月後。

わらわはまた東部農場に来ていた。

畑の荒れている部分は残っているが、その代わり、荒れ地だったところが新規の畑に生まれ変わっていた。

「どうだ？　けっこう働いただろ？」

作業着のブルードラゴンが、まさに「どうだ？」という顔で胸を張っていた。

「これ、おぬしが一人で全部耕したのか？」

相当な面積にわらわもちょっと驚いていた。

ドラゴンのスペックとはいえ、ここまでとは思っていなかった。

「当たり前なのだ。魔族とか部外者がいると、耕してる時に巻き込むしな。地盤が硬かったけど、これぐらい硬いほうが耕しがいがあるのだ。労働じゃなくて運動だと思えば苦痛もなかったぞ」

ああ、働いているという意識になるかどうかが大きいんだな。

仕事にしたら趣味の料理が楽しくなくなるかもしれない、そんなヴァーニアのケースと重なる部分がある。

おそらく、ブルードラゴンたちも何かを仕事として強制されるのは嫌でも、好きでやれることは積極的にやっていたりするのだろう。それでお金が発生したりしているのだと思う。何もせずに生きていくというのも暇そうだし。

「なあ、魔族、損害額の分はどうにかなったのか？」

「あっ……そうじゃな。補塡《ほてん》はできたと考えておる」

考え事をしていたので、少し返事が遅れた。

「むしろ、給料を出さんといかんぐらいなのじゃが」

「別にそんなのいらないのだ。アタシも面白かったしな。たまには、魔族の土地に来てみるのもいいな」

ブルードラゴンはからからと笑った。

本当に、バカ正直者という表現がよく似合う。

「遊びに来るのなら、ヴァンゼルドの城下町はおぬしを待っておるぞ」

「また、魔族の土地に墜落するのもいいかもしれないのだ」

「それは絶対にやめるのじゃ！」

こんなのがどんどん城下町に墜落したらえらいことになる！


そのあと、ドラゴンは農場の小屋で軽い食事をとってから、ドラゴンの姿に変わり、バサバサと空を飛んでいった。

とくに別れのあいさつもなく。それがそのドラゴンらしくもあった。

「まったく、ドラゴンというのは規格外の奴じゃわい」

わらわは遠くの空に消えていくドラゴンを見上げながらつぶやいた。

そして、何かが農場の小屋近くに落ちているのを見つけた。

「むっ、これは――」

わらわはその土で汚れたものを拾って、正体を理解した。

「――あいつの着ておった作業着じゃの……」

あのドラゴン、何も着てないままここに来たよな。

「全裸で帰ったのか……。ドラゴンの姿ならいいのかのう……」

ドラゴン形態のまま自宅に入れないから、またドラゴンの土地で全裸になる問題が生じるのではと思うが、そこはあいつがどうにかするだろう。

王族に各大臣、さらに多くの魔族の有力者が一堂に会する魔族中央会議。

三年に一回行われるこの会議は、魔族の政治にとって最も重要な場と言ってもいい。

ここで魔族の未来や目標に対しての様々なことが決定される。

なお、我が農務省は広大な面積の荒れ地を農地に転換するプロジェクトを提出する。なにせ、お金がかかることなので、この会議で承認されないと先に進めないのだ。

わらわも農務省のトップとして気合いを入れて会議にのぞんだ。

このプロジェクトは魔族の農業政策にとって不可避のもの！

なんとしても、通してみせる！

結果は――


「農務省の提案、わたくしはいいと思います。皆さんも異論はないですよね～♪」

魔王様ののんびりした声とともにあっさりと通った。

横にいたファートラが小声でぼそぼそと耳打ちした。

「ベルゼブブ様は魔王様のお気に入りだと思われているんです。だから、わざわざ否定してくる方もいないのでしょう」

「気に入られているというより、遊ばれていると言ったほうが正確じゃと思うがのう……」

それでも間接的にでも魔王様の権力を借りられるなら、ありがたいと言えばありがたい。

以降も会議はどんどん進行していった。

そして、魔王様にかかわる行事についての時間となった。

魔王様の行うことは公的、私的にとどまらず大きな意味を持つからだ。

「わたくし、久しぶりに、御成《おなり》をしたいな〜と思ってます♪」

そう魔王様が言った。

御成というのは、簡単に言うと、魔王様が重臣の邸宅に行き、そこでもてなしを受けるというイベントだ。

もてなす側はお金がかかるだけだが、古来から大変名誉なこととされている。

それに、そもそも、ものすごくお金も土地もある、由緒ある有力貴族しか訪問の対象にはならないから、経済的な問題はないのだ。

まあ、まさしく成り上がり貴族であるわらわには関係のないこと――

「今回はベルゼブブさんのお宅にしようかなと思ってま〜す♪」

会議の参加者の目が一斉にこちらを向いた。

「えええええっ⁉」

この空気、あれだ……大臣にされた時に似ている……。

ただ、有力貴族からすぐに異議申し立てが起こった。

「魔王様、失礼ながら、御成が行われる家は古来から決まっております」

「いいじゃないですか～。前例は覆すためにあるんですよ～♪」

「いいえ、わらわからも無理と申しますのじゃ！」

わらわのほうからも拒否する。

この魔王様のペースに飲まれるとまずい。

なにせ、わらわの屋敷は——すっごく汚い。

別に普段から使っている部屋がゴミだらけというわけではない。

そこはヒラの時代から比べても、ちょっとだけ進歩した。

でも、生活空間以外の部屋は、立ち入ることすらしていないので確実にホコリだらけなのだ……。

しょうがない。使用人の一人もいないのに、大邸宅をもらっても使いようがない。一人暮らしですべてのスペースを使おうとすると、毎日掃除だけで一日が終わってしまう。なので、一階の限られた部屋以外、足を踏み入れないことにして暮らしてきた。

無論、広大な庭だって何の管理もしていない。

どんな植物や野生動物が棲息《せいそく》しているかも不明。

少なくとも、屋敷の窓から見ても樹海であることだけはわかる。

御成というのは、しっかりとした行事だ。

玄関前で五分だけ世間話をして終了というわけにはいかない。

もてなす側は屋敷を案内し、ごちそうを用意し、さらに庭も紹介するのがマナーである。

そんなことできるか！

なので、絶対に決定させてはならない。

「魔王様、わらわの屋敷は昔ながらの貴族様の邸宅とは比べるのも恥ずかしいものですじゃ。せっかくですが、辞退いたしますのじゃ……」

「ふうん、そうですか、じゃあ、しょうがないですね」

あれ、すごく簡単に引き下がってくれたぞ。

「ところで、農務省のプロジェクトに問題がある気がしたので、審議し直しにしましょうかね～」

農務省のプロジェクトが人質に取られた！

にやりと魔王様は笑っている。

うん、知っていた。

この人は自分のしたいことを通すと決めたら、何があろうと通すのだ。

「わ、わかりましたのじゃ……」

わらわは力なく言った。

農務省の無数の職員がこのプロジェクトのために膨大な時間を割いてきたのだ。

わらわが人身御供《ひとみごくう》になって、プロジェクトが守られるなら、喜んでそうしてやる！

会議のあと、ファートラに肩を叩《たた》かれて励まされた。

「ベルゼブブ様、ご英断でした」

「決断はすぐにすむ。問題はこれからじゃ……」

◇

御成の日程が決まってても、わらわは準備をする気も起きなかった。

今更、準備をしても無駄なのだ。

掃除だけなら、まだどうにかできるだろう。

それでも、魔王様をもてなすだけの人員のほうはどうしようもない。

素人《しろうと》のエキストラを雇《やと》うというわけにもいかないのだ。

儀礼に詳しい者たちを揃えないと参加すらさせられない。

そんな連中は結局、由緒ある貴族に抱え込まれているので、わらわに貸してもらえるわけもない。

なので、裸一貫で魔王様を待つしかない……。

恥《はじ》はかくことになるが、それが罪になるわけではない。甘んじて恥を受けてやる。

赤っ恥をかくまで、あと三週間ほどか……。


しかし、運命はわらわに味方してくれた。

御成まで残り十日ほどとなった日のこと。

「上司、上司！　大変です！」

書類をほかの部署に届けに行っていたヴァーニアが大臣室に走り込んできた。

「なんじゃ、騒々《そうぞう》しいのう」

「魔王様が魔族しぶとすぎ風邪《かぜ》にかかったそうです！」

魔族しぶとすぎ風邪といえば、風邪の症状が一か月ほどにわたって続くという、イライラする病気だ。

「よって、今後一か月間の魔王様が参加する行事はすべて中止になります！」

「よっしゃあ！」

魔王様の病気で喜ぶのは不敬極まりないが、それがわらわの率直な気持ちだった。

たとえ、魔王様といえども、風邪ぐらいにはかかるのだな。なんともありがたい。

「これで、御成は流れるわい！」

「ですが、あの魔王様のことですから、風邪が治ってから御成をやろうとするのでは？」

ファートラが世の中そんなに甘くないだろうという顔をしていた。その点も当然、考慮している。

「すでに荒れ地を農地にするプロジェクトはＯＫが出ておる！　魔王様といえども、さかのぼってなかったことにすることはできん！　つまり、わらわにはもう人質はおらんのじゃ！」

勉強を何もしていなかった試験が急遽《きゅうきょ》、中止になったようなものなのだ。

魔王様、風邪が治ったら、買い物ぐらいには付き合いますよ。

◇

本来なら御成になるはずだった日も、わらわはごく普通に出勤して、ごく普通に帰宅した。

わらわは部屋に入ると、ベッドにごろんと転がった。

両手と両足を、うぅ～んと伸ばす。

「いやあ、自分主導の仕事が一個なくなるというのは大きいのう」

今日はこのままゴロゴロしてお風呂に入って寝るか。

気分的には有休をもらったような感覚だ。今日も出勤したわけだけど、もし御成があれば、やれる範囲の掃除だけでも軽く二十時間はかかっただろう。

だが、ベッドでくつろいで本を読んでいた時のこと。

――カラン、カラン。

来客を告げるベルの音がした。夜なのでよく響く。

時計を見ると、時刻は夜九時のあたりだ。

「いったい、誰《だれ》なのじゃ……？　訪問販売だとしたら夜に来るのは法律違反じゃぞ」

いぶかしんで門のほうまで出ていってみると――

「どうして、魔王様がいらっしゃるんですか！」

フードで姿は隠していたが、たしかに魔王様がそこに立っていた。

「けほっけほっ……だって今回の御成――いえ、お泊まり会の日ですから……」

「どう見ても風邪が治っておらぬではないですか！」

魔王様は無理に笑おうとしているが、体調不良のせいで引きつった笑みになっている。

「風邪であることぐらいは、わたくしだって……けほっ……わかってますよ……」


とにかく、わらわは魔王様を寝室へと通した。

ほかにベッドがある部屋がなかったのだ。厳密には屋敷の中にゲストルームみたいなのもあるはずなのだが、健康な人間でも体調を崩すぐらいにはホコリだらけだと思う。

魔王様をベッドに寝かせた。汗をかいているが、こういう時は体を温めて、汗をかかせたほうがいい気もするので、毛布《もうふ》をしっかり上からかけた。

「ここに来るまでにも頭がくらくらしてました～」

「当たり前ですじゃ。風邪が治る前に出歩けば誰だってそうなります」

わらわは用意した濡れタオルを魔王様のおでこに載せた。

「でも、これはこれでチャンスだと思いましたから……」

疲れた顔で魔王様は笑みを浮かべた。

「チャンス？　体調が悪いのだからピンチのほうが正しいかと」

「お姉様候補のベルゼブブさんに看病してもらえるじゃないですか～。えへへ……」

その言葉で、わらわが御成に選ばれた理由がわかった。

「妹役が姉役の家でお泊まり会をする――それをやりたかったというわけですな」

「ですです。よくわかってらっしゃるじゃないですか〜」

わらわはあきれてしまった。

よくもまあ、そんなしょうもないことのために、ここまで体を張れるものだ。

「魔王様、一つ確認いたしますが、このことは城の者は知っておるのですか？　勝手に抜け出したなんてことはないですな？」

「はい。用事で外出すると断りを入れてから出てきましたよ〜」

病気で臥《ふ》せる場所を変えるのが用事か。

この方はふざけたことのほうが本気になる。

「やっていることは無茶苦茶もいいところですが、その熱意だけは評価いたしますのじゃ」

わらわは魔王様の首もとの汗を拭いた。

「わかりました。今日はわらわが寝ずに看病いたしますので、ゆっくりご休養くだされ」

「ありがとうございます、お姉様」

うれしそうに魔王様は微笑む。

「やっぱり、文句を言いつつも妹のためには必死になってくれるんですね〜。お姉様の素質があります」

「妹役でなくても、魔王様がご病気でやってきたら、臣下はこうするしかないでしょう」

「お姉様は意地悪なんですから」

「お姉様ではありません」

わらわは淡々《たんたん》と返す。

タオルはすぐに熱くなるので冷たいものに交換した。

「うん、ひんやりして気持ちいいです」

「目をつぶっていれば、そのうち眠れると思うので、そうしてくだされ」

「え〜、せっかくのお泊まり会なんだから、お姉様とお話がしたいですよ〜。眠るのなんてもったいないじゃないですか〜」

「風邪が悪化するので、どうかお休みに――」

いや、こんなやりとりをしていると、いつまでたっても終わらないのではないか。寝ろと言って寝るわけがない。むしろ、意地でも起きようとする気がする。

かなり恥ずかしいが……お姉様役というのを演じてみるか。魔王様が納得して満足すれば、寝てくれるかもしれない。

わらわは魔王様の耳に顔を近づけた。

「もう、休みなさい、ペコラ」

心なしか、格好をつけた声を意識して。

魔王様の耳がやたらと赤くなった。

笑みも消えている。いきなりのことで驚いているようだ。

これも余裕を持って返されたら、わらわも打つ手がない。

「わ、わかりました……。お姉様の言うとおりにします……」

「うん、いい子だ。わらわをあまり心配させないでくれ」

言っているわらわも、とてつもなく恥ずかしい……。だが、ここは我慢《がまん》だ……。

どうだ！　お姉様からの命令なら素直に聞いてくれるんじゃないかという策だったのだけど……。

魔王様は瞳《ひとみ》を閉じて、話すのもやめた。

しばらくすると、寝息が聞こえてきた。

よし、策は当たった。

しかし、この策は二度とやりたくないな……。

わらわは壁に手を突いて、荒い息を吐いた。

「きつかったのじゃ……。いったい、何の罰《ばつ》なのじゃ……。心にずしっとくるものがあるのじゃ……」

あとは徹夜での看病か。

ハードではあるが、さっきみたいなセリフを言わされるのと比べれば、どうということはない。

わらわは濡れタオル用に、水を汲みに行った。

「わらわも水で顔を洗ったほうがよいかもしれぬな……」

どうにも顔が熱い。

◇

早朝に魔王様は目を覚ました。早くに寝たから起きるのも早いのだろう。

「おはようございます、ベルゼブブさん。いえ、お姉様」

寝起きから、魔王様は機嫌がよかった。

「おはようございます、魔王様」

わらわはベッドの横で臣下の礼をとる。

「あれ？　そこはペコラって呼んでくれないんですか？」

「何のことかよくわかりませんな。風邪で変な夢でもごらんになられたのでしょう」

わらわは思いっきりはぐらかすことにした。

どうせ、この世界のどこにも証拠なんて残っていないのだ。

「えっ？　えっ？　そんなことないですよ！　寝る前にペコラって呼んでくれましたよ！　『お休み、かわいいわらわのペコラ』って言いましたよ！」

なんか、表現が現実よりバージョンアップしてるぞ！

「言っておりませんのじゃ！」

わらわは知らぬ存ぜぬを貫き通すことにした。


魔王様がお城を抜け出たままだと問題も多いので、わらわがお城までお送りした。

倒れられても困るので、わらわがだっこしながら連れていった。

「ああ、お姫様だっこですね～」

「変な表現は使わないでくだされ」

「ねえ、やっぱり昨日はペコラって呼んでくれましたよね、お姉様？」

「記憶にございませんな。風邪はなかなか重症のようですぞ。お大事になされませ」

わらわと魔王様を見ると、城の衛兵はびっくりした顔をしていたが――

「御成を、日程をきちんと守ってやっていました♪」

と魔王様が言うと、納得したようだった。

魔王様の無茶ぶりには慣れているのだろう。

そして、どうにか、魔王様を部屋にお返しすることができた。

なかなか遠い道のりだった……。

「わざわざありがとうございました、ベルゼブブさん♪」

部屋の前で魔王様からお礼を言われた。

「いえいえ、咳も昨日と比べればおさまっているようで、なによりですじゃ」

わらわも笑って答える。仕事が終わったと思うと、心もほっとする。

「また、ペコラと呼んでくださって――」

「くどいですぞ、何のことかよくわかりませんな」

わらわがにべもなく拒否したので、魔王様はほっぺたをふくらませた。

「ベルゼブブさんは融通《ゆうずう》が利きませんね！」

「魔王様が王道を行きすぎなだけですじゃ」

この様子だと、自分の思いのままにはいかないとわかってくれたようだ。

そう、こういうのは毅然とした態度を貫くのが大事なのだ。

「まっ、いいでしょう。思いどおりにいきすぎないほうがお姉様っぽいですし」

ううむ……転んでもただでは起きない性格だ……。

「それでは、農務省の仕事がありますので、これにて」

わらわは一礼すると、魔王様から踵《きびす》を返して、廊下を歩いた。

――と、急にわらわは咳き込んだ。

「げほげほげほっ！　げほっ！」

そういえば、体も熱っぽい気がする。

頭が重いのも徹夜だけのせいだろうか……？

昨日から顔が熱かったし……。

一晩中、風邪《かぜ》の魔王様と一緒にいたから風邪をうつされたかもしれない＆徹夜で体力が落ちている＆魔王様を城に戻して、一仕事終えて緊張がとれた――以上の三連続コンボか……。

その日、わらわは農務省に出勤して、そのまま体調不良を理由に有休をとって、帰宅した。

# 大臣室に彩《いろど》りがほしいと思ったのじゃ

A Deal with the Devil, Her Dark Ministry, Bumped-Up

**Beelzebub**

かりかり、かりかり。

ファートラがペンで何か書いているので、その音が大臣室に響いている。

小さな音なのだが、この部屋、なぜかよく反響するのだ。どういう意図でそんな構造にしたのか謎だが。

もし、わらわとヴァーニアでしゃべっていればペンの音なんて聞こえないのだろうが、今はヴァーニアも黙って仕事をしている。わらわも独り言を言う気はないから、部屋は静かだ。

ある意味、正しい仕事の時間である。

しかし、静かな分、ペンの音がやたらと気になる。

いわゆる、静かすぎてかえって気が散るというやつだ。

あれって、イチャモンみたいなものではないかと思っていたが、けっこう本質を突いているな。

しかし、改めて、この部屋を見てみると――

気になる……。

――殺風景《さっぷうけい》すぎないか？

仕事用の机と書類を入れている棚。

それは仕事部屋だから当然あってしかるべきだ。そこに文句をつける気はない。

逆に言うと、それしかない。

あとはドアと窓とカーテンぐらいしかない。

つまり、仕事関係のもの以外、何もない。

無論、仕事にはなんら支障などないのだが、あまりにもシンプルではないか？

魔法で動く鎧《よろい》や人形が作業をしている工場ではないんだぞ。

上級魔族三人が使っている部屋なんだぞ。

ああ、なんか考えていたら無性に腹が立ってきた……。それに、ペンのかりかりって音が大きくなってる気がしてくる！　一回気になったら、ずっと気になり続ける！

ばーんっ！

わらわは机を両手で叩《たた》いて、立ち上がる。

「ファートラ、ヴァーニア、おぬしらに問いたい！」

「ベルゼブブ様、どうかしましたか？」

「上司？　キレるお年頃ですか？」

少なくとも、キレるお年頃ではない。

「なあ、この部屋、色味がないにもほどがないか？　どんな性格の奴《やつ》が働いてるのか、そういうのをまったく想像できんぐらい、何もないじゃろ？　いくら大臣室でも、もうちょっと自己主張してもいいのではないか？」

「無趣味な魔族たちが使っているという想像ができるのではないですか？」

ファートラも手を止めて言ったが――

「その発言、言ってて悲しくならんのか？」

「多少は」

ファートラも自虐《じぎゃく》ネタだと認識していたらしい。

「ですが、日常の仕事では我々三人だけしか使用しないとはいえ、大臣室にはほかの部署の職員も多数、農相にうかがいを立てるために入ってきます。あからさまに遊ぶためのものだろというようなものは置けないかと」

「別にゲームを置こうとは言っておらん。ただ、たとえば、机に猫や犬の卓上カレンダーを載せるとか、そういう人となりが感じられるものすら、ここにはないじゃろ」

こういうのはヴァーニアがやりそうなものだが、むしろヴァーニアには女子っぽいこだわりのようなものは皆無に近いので、机には書類しかない。ちなみに書類の置き方も汚い。

「だいたい、ここは農務省のトップの部屋じゃぞ？　農業っぽさを感じるものさえないのはどうなんじゃ？　せめて、田園風景を描いた絵ぐらい、飾ったほうがよくないか？　あとは野菜や果物《くだもの》のポスターぐらいは貼るべきではないのか？」

「お気持ちはわかります。ですが、ポスターには反対です。かえって部屋がダサくなります。女子三人が働いてる部屋というイメージからはむしろ遠ざかりますよ」

ファートラがなかなか強力な批判をしてきた。

「た、たしかに……」

見た目からはそうとわからないが、この三人の中ではファートラが一番女子力が高い。

というより、わらわとヴァーニアの女子力が低すぎるのだ。

それがこの部屋の殺風景さの原因でもある。

「絵画もちょっと置いた程度では、雰囲気は大差ないですよ。ほかの大臣の部屋などにはあるようですけど、かといって、そこが華《はな》やかだなとは思わないですよね。彩る効果まではないです」

「う、うむ……。それもそうじゃの……。絵ぐらい、一階のエントランス横などにもかかっておるけど、お役所の空気はごく普通に出ておるの……」

むしろ、大臣室に絵を置くと、お役所感が強調される危険もある。

「でも、上司の言いたいことはわかりますよ～。ここ、緑がないですよね。観葉植物を置いてもいいんじゃないのかな～」

「それじゃ、それ！」

ヴァーニアが今、いいことを言った！

「観葉植物じゃ！　それで緑色を部屋に足す！　緑色にはリラックス効果もありそうじゃし、大臣室のイメージも損なわん！」

ただ、問題はまだある。

ヴァーニアが備品・消耗品カタログを出してきて、観葉植物のページを開いた。

「うわあ、けっこう値段しますね～」

わらわもカタログをのぞき込むが、そんなにお金かかるなら違う何かを買いたいと思う額のものばかりだった。

「こんなにするのか……。しかも一鉢でこれか……。部屋の隅にちょこんと置いても、焼け石に水じゃしなあ……。むっ、もっと手前にも植物のページがあるのではないか？　こっちのほうは安いぞ」

ヴァーニアの広げていたのは、中級以上の植物のページだったらしい。

「でも、大臣の部屋に安物の植物を置いたら、恥ずかしいですよ～。大きいのにしないと」

「それは、そのとおりじゃ……」

女子力だけではなく、大臣としての威厳の要素も守らないといけない。

観葉植物作戦は早くも暗礁《あんしょう》に乗り上げた。

「ダメじゃな。彩りもうるおいも諦めることにするのじゃ。それに、魔族なのだし、むしろ殺風景なほうが正しいという考え方もできる」

「はぁ……」

その時、
と、どこかわらわたちを小ばかにしたようなため息が聞こえた。

ため息の主は自動的にファートラになる。

「私の私物でよければ、農務省らしい環境にできると思いますよ。植物はかなり詳しいですので」

「マジか！　では、それでお願いできるか？」

私物なら、費用もかからないし、一石二鳥だ。

だが、ヴァーニアが不安そうな顔になっていたのが、少し気にかかった。

なあに、ファートラがやるのだから、そんな大失敗はないはずだ。

◇

翌週の頭。

わらわはいつもどおり農務省に出勤し、大臣室のドアに力を込めた。

週のはじまりは、いつも少しドアを重く感じる。

精神的なものなのはわかっているが、これは何年ここで働いても変わらないらしい。

だが、その日は様子が違った。

「むっ……。本気で重いのじゃ……」

両手で押しても開かない。誰《だれ》かが押さえつけているのか？

「おい、ヴァーニア！　また何かしょうもないことをしおったな！　見られたくないから、手で押さえてるじゃろ！」

「違いますよ！　なんでもかんでも、わたしのせいにしないでください！　わたしは何も関与してません！」

冤罪《えんざい》だと訴えるヴァーニアの声がした。

「じゃとしたら、いったい何のせいで開かないのじゃ？」

「ああ、すみません、棚が引っかかっていますね」

今度はファートラの落ち着いた声が聞こえた。

棚？　ドアの前にそんなもの、あるか？

「動かしましたので、もう大丈夫です。どうぞ」

わらわが再度、ドアに力を入れると、あっさり開いた。

ただ、そこには奇妙な光景が広がっていた。

棚がいくつも部屋に設置してある。

その棚のどの段にもガラス製の容器が並んでいる。

土や石が入っているのが多いので、虫の飼育セットかと思ったが、容器に蓋《ふた》はされてないから、それも違うだろう。

「ファートラよ、これは何じゃ？　いや、本当に何なんじゃ……？」

こんなに意味がわからない状況も珍しい。何が展示されているんだ？

「観葉植物です」

ファートラがさも当然のように言った。

「えっ？　これのどこが観葉植物なのじゃ……。一個一個の容器はかわいい形をしとるが、土と石ばっかりで……」

「どれにもコケが生えているじゃないですか」

言われて、わらわはこの容器たちの目的を理解した。

コケはある！

土にコケ！

石にコケ！

容器の中に人工的に作られた水辺にコケ！

「待て待て！　話が違うのじゃ……。これはコケであって、観葉植物では――」

「コケは観葉植物ではないと？　そんなことはありませんよ」

いつになく、強気にファートラが言い返してきた。

これはケンカを売ってきているのではなく、コケを否定されて、むっとしてる反応だ。

その時、先週のヴァーニアが不安そうな顔をしていたのを思い出した。

「あの、上司……姉さんはコケを集めて育てるのが好きなんです……」

ヴァーニアが疲れた顔で言った。

これは、棚の設置を手伝わされたな。

一方で、ファートラはわらわの真ん前にあるコケの容器を指差して言った。

「ベルゼブブ様、見てください。コケってこんなに小さいのに、よく見ると葉っぱがついているんですよ。ミニチュアみたいでかわいいと思いませんか？　このガラス容器一個一個が独立した箱庭なんですよ」

「まあ、何にかわいさを認めるかは人それぞれじゃからな……」

小さな容器に土や石を入れて、そこからコケが生えている様子はオシャレであると表現できなくもない。女子らしさもないこともない。

もし、仕事机に一つ置いてあるなら、そんな素朴な緑の箱庭が安らぎももたらしてくれるだろう。

だが――

「いくらなんでも多すぎるのじゃ！　棚で部屋の前のスペースが埋まっておる！　コケ専門店みたいになっておる！」

「殺風景な部屋にうるおいを出すためには、これぐらいは必要です」

ファートラの手には何か握られている。

これは霧吹《きりふ》きか？

ファートラはぷしゅーぷしゅーと霧を容器のコケに向かってかけた。

すると、そのしぼんだようなコケの色が鮮やかになったように感じた。

「おっ！　コケが元気になったのか？」

「おっしゃるとおりです。コケは水を得るまで、じっと耐えているんです。それで、水を手に入れると、ぱっと元気になるんです。健気《けなげ》でかわいいですよね」

「おぬし、すべてをかわいさに還元しようとしておるな……」

また、ファートラが何か取り出した。丸いガラス製品のようだが。

「これでコケを拡大して見ることができます。こうやって観察してみると、また面白いんですよ。どうぞ、ベルゼブブ様、のぞいてみてください」

断れる雰囲気ではないので、わらわはコケを見てみた。

「あっ！　拡大すると、思った以上に葉っぱの形をしておる！　しっかり植物じゃ！」

「ですよね。私たちの知らないサイズの世界にもいろんなものがあふれているんです。この小さな箱庭の中にも、もしかしたらとても小さな生物の国家があって、生物たちが暮らしてるかもしれないんです。とてもロマンがあると思いませんか？」

ファートラの瞳《ひとみ》が実に生き生きとしていた。

霧吹きで水をかけられたコケより輝いていた。

ガチ勢というやつだな……。

ファートラは自分の趣味なんてほとんど話さないキャラだったが、こんなジャンルが好きだったのか。部下の知らない一面を見た。まだまだ新発見があるものだ。

「ただ、こんなにコケがあると政務の邪魔《じゃま》に――」

「お言葉ですが、そうとも言い切れないのでは？」

ファートラはこの件に関しては断固戦う姿勢であるという顔をしていた。

「……そうじゃな。わらわたちの机が圧迫されておるわけでもないし、このままでもよいか」

「ありがとうございます」

丁重《ていちょう》にファートラはお辞儀《じぎ》をしてきた。

コケに関してはこいつはかたくなになる。やむをえん……。

◇

こうして、大臣室は緑にあふれた環境に改造されたのだった。

大臣室が、「コケ室」と陰で言われるようになるのに、そう時間はかからなかった。

いや、まあ、ええけどな……。たしかに緑色は嫌でも視界に入ってくるし、毎日のように見ていれば愛着が湧いてくるような気もする。

時たま、ファートラが霧吹きでコケに水を与えているが、業務に支障は出ていない。

唯一《ゆいいつ》問題があるとすると、歩けるスペースが棚の間しかないので、机と廊下の行き来が多少面倒《めんどう》になるぐらいだが我慢《がまん》できる範囲だ。

「上司、わたしもコケを一つ育ててみることにしました！」

ついにはヴァーニアも机にコケの箱庭を置くことにしたらしい。

「うん、生き物を育てるのは悪いことではない。エサをやり忘れたからといって、すぐに死ぬものでもないし、ヴァーニア向きじゃ」

「上司、わたしのこと、バカにしてますよね」

「そんなことはあんまりない」

わらわもコケを育ててみようかなと思いはじめたぐらいだ。

そして、しとしとと雨が数日降り続いたある日。

どうも、朝から模様替えが行われたような感覚があった。

だが、コケの棚はいつもどおり机とドアの間に並んでいて、とくに変化はない。

箱庭の置き場所を逆にしても気づかないとは思うが、そんな微細な変化ではないと思うのだ。

「なあ、ファートラよ。今日、いつもと部屋の雰囲気が違う気がするのじゃが、おぬし、何かやったか？」

「いいえ、とくにいじったものもないです」

ファートラがウソをつくことはないだろう。

今更、コケの箱庭を一個増やしたことを黙っている理由もないし。

「あっ、わたしも今日は違うな～って感じましたよ。こう、なんというか、いつもより心がリラックスするんです」

ヴァーニアも同じ感想を抱いていたらしい。

「それ、わらわが言った言葉に影響を受けただけだったりせんか？」

「そんなことありません！　自分の頭でしっかりと考えました！　今日の大臣室は一味も二味も違いますよ！」

自信満々にヴァーニアは言う。

「なら、その一味も二味も違う理由は何じゃ？」

「そこまでは、わかりません！」

だから、なんで自信満々に言うのじゃ。

だが、部屋の雰囲気が違っているというのは事実なのだ。わらわも実感している。

でも、絨毯は替えてないし、壁も塗り直したりなどしていない。

おかしなことはほかにもあった。

「あれ、今日はペースが悪いのう……」

いつもと変わらず仕事をしていたつもりだったのに、能率が落ちている。

「ベルゼブブ様もですか。私も作業が遅いんです」

ファートラも少し困った顔になった。

「やけにリラックスしすぎてしまうというか、無意識のうちに休憩を入れているみたいで。仕事モードへの切り替えが上手にいかないんです」

「不思議じゃのう――――むっ、待てよ……」

わらわの脳裏に嫌な可能性が浮かんだ。

「この部屋のコケの中に毒を持ってるものはおらんじゃろうな？」

「ありえません」

ファートラは即答した。

「食べれば有毒なものもあるかもしれませんが、コケを育てていると有毒ガスが撒き散らされるなんて話はありませんよ。ちなみに大半のコケは食べる気がおきないほどまずいようです。だって、食用になってるなんて話、聞きませんよね？」

「言われてみれば……」

だったら、わらわの考えすぎか。

とはいえ、どうも今日のこの部屋はおかしい。

ふわっとした意見だが、彩りがありすぎるように思う。

それもコケの緑色なんかとは違って、もっと鮮《あざ》やかなやつだ。

わらわとファートラがこうなのだから、ヴァーニアは書類がうず高く積もっていた。有休とったあとの机みたいだ。

「おぬしもしっかりとやるのじゃぞ」

「上司、わたしも能率が落ちてます……。なんと、仕事をしようとすると、したくなくなるんです」

「それは怠慢《たいまん》なだけじゃろ！」

だが、その時、何かがヴァーニアの書類に落ちた。

「ヴァーニア、その書類――エメラルドグリーンになっておるぞ！」

そう、実に美しく艶《あで》やかな緑色のもわもわしたものが書類にかかっているのだ。

「あれれ、こんなコケ、見たことがないですね～。姉さん、これ、なんてコケですか？」

ヴァーニアがその書類をファートラのほうに見せた。

その瞬間、ファートラは「ヤバい」という顔になった。

かなり貴重なファートラの表情だった。

口まで開けて、戦慄しているとすら言える。

「それはコケじゃなくて、カビよ！」


まさか……。

わらわは、ゆっくりと天井を見上げた。

エメラルドグリーンのもわもわしたものに天井が覆われている！

ふと、しとしと降り続く雨の音が耳に入った。

「湿気《しっけ》じゃ！　ただでさえコケ用に湿気が多い状態にしておったところに、雨の日が多くてさらに湿気が強くなって、カビが生えたのじゃ！」

「……おそらくですが、あのカビは動物の精神に作用する胞子を出して、労働意欲を奪うダラダラゴロゴロカビですね。この空気を吸うのはあまり健康にもよくありません……」

わらわは口を押さえて、立ち上がった。

「即刻、この部屋から出るのじゃ！　仕事をする気がゼロになる前に！」

だが、すでにヴァーニアは机にばたんと倒れて、寝息を立てていた。

カビのかたまりが落ちた書類を顔に近づけたせいか！

わらわがヴァーニアの顔をビンタした。

「寝るな！　寝ると、もしかすると死ぬぞ！」

「うぅん……働きたくないです……」

「ベルゼブブ様、ヴァーニアは後回しでいいから早く逃げましょう！　ヴァーニアはあとで救出すればいいんです！」

しかし、ドアのほうに行こうとしたファートラも妙にばたついていた。

「棚が邪魔《じゃま》で移動しづらいわ！」

緊急時の避難の妨げになるから、通路をものでふさぐのは危険だ！

「誰《だれ》よ、こんなもの置いたのは！」

「おぬしじゃ！　まぎれもなく、おぬしじゃ！」

結局、カビの清掃作業が終わるまで、大臣室は使用禁止となり――

復活した部屋もコケの棚はすべて撤去されていた。

すがすがしいほどに殺風景《さっぷうけい》な部屋を眺めて、わらわはつぶやいた。

「彩《いろど》りよりも安全が第一じゃな……」

避難経路に物は置かないようにしよう……。

「ですね。私も自分の机だけで我慢《がまん》します」

ファートラの机には、自信作であるコケの箱庭が一つ置かれていた。

この部屋の彩りには、それぐらいがちょうどいいのだろう。

エピローグ

# 休日は魔王様とデートなのじゃ



ある日の休日。

わらわは、手をつなぎながら、人間の町を歩いている。

とくに市場は面白《おもしろ》い。売っているものが、全然魔族の土地と違うからだ。嗜好《しこう》の違いもあるが、そもそも気候が異なるので、生息している動物も生《は》えてくる野菜も変わってくる。

ただ、そんなことより、手をつないでいる相手のことが気にかかる。

「あの、魔王様」

わらわは小声でぼそぼそと言う。

魔王という言葉があんまり聞こえるとよろしくない。

近頃は人間の土地に来る魔族も増えているから、わらわが農相になった時ほど恐れられたりはしない。それでも魔王というのはインパクトがありすぎる。

もっとも、魔王と聞こえたところで信じる人間はいないだろうが。

「はい、なんでしょう、ベルゼブブさん？」

「もう、手を放してもよろしいでしょうか？」

「え～、それはダメですよ。人ごみの中でわたくしが迷子《まいご》になったら大変でしょう？」

角《つの》が見えないようにフードをかぶっている魔王様が言う。

わらわもフードをかぶって、最低限の変装はしていた。角《つの》の長さ的に変にフードが上になっているのであまり意味もないが、気休めの護符《ごふ》みたいなものだ。ウサギの獣人や猫の獣人みたいに耳が生えている種族もいるし、どうにかなるだろう。

「とはいえ、今日は休日ですので、厳密には魔王様のお守《も》りをする業務は含まれておらぬと思うのですが。迷子が困るなら、最初からお城にいてください」

かといって、魔王様を放置することはもちろんできないので、これは言ってるだけだ。

「もう！　そういうことは言わないでくださいよ」

魔王様はわらわの手を引っ張って、無理矢理に違うほうへ連れていく。

「はいはい、あっちにいいカフェがありましたから、そこに入りましょう。ちゃんとエスコートしてくださいね」

「わらわはまだ見たいものがあるんですが」

「そこは女の子の意見を優先させてくださいね」

「わらわも生物学上は女ですので」

さらに強く引っ張られたので、わらわは抗《あらが》えなくなって、人の流れから抜けていった。

「あ～あ、ベルゼブブさんはわたくしの扱いが全然上手《うま》くなりませんね。十段階評価で三点ぐらいです」

お茶をしながら、魔王様はわらわにダメ出しをしてくる。

「逆に言えば、そこまで率直なご意見をいただけるほどには信頼されておるということですな。光栄の極みです」

「もう、口だけはまわるんですから。ほんとに大臣らしい大臣になっちゃいましたね」

恨みがましくわらわのほうを見ているが、毎度のことだから、わらわも気にしない。

ずっと、遠慮していては心労がたまる。

「二百年以上も大臣をやってると、よくないですね。変に要領ばかりよくなっちゃうんですから。就任直後のベルゼブブさんのほうが面白かったですよ」

「そうですな。魔王様の在任期間と同じですからな。魔王様もたいがい、要領はよいと評判ですじゃ」

「じゃあ、今度から要領が悪い魔王を目指すことにします」

「それを自覚されてらっしゃる間は大丈夫でしょうな」

こんなやりとりをしながら、わらわたちはお茶を飲んでいる。

人間の土地のお茶は味が薄い。もっと、スパイシーにしてもらったほうが個人的にはうれしいが、その土地の味を受け入れるのが旅行者の鉄則だ。

「わたくしの計画だと、これだけ長く農相をやっていたら、ベルゼブブさんは完全無欠のお姉様になっている予定だったんですけどね。教育に失敗しました」

わらわは素知らぬふりでティーカップを口に運ぶ。

何十回とやってきたやりとりなのだ。いや、何百回かも。

「わらわは魔王様を指導する役目など勘弁ですじゃ。なにせ、魔王様の目的がそんな姉役を振り回すことにあるんですからな」

「だから〜、そういうところが違うんですよ。振り回されて面倒《めんどう》だから遠慮したいとかじゃないんです！　姉役は妹役の世話でてんてこまいになりつつ、締めるところは締める。妹役もそんな姉役にきゅんとする。そういう精神的な疑似姉妹関係がいいんじゃないですか！」

「何度も言いますが、まったくよくわかりませんな。わらわは農相に引き立ててくれたことを感謝するのみですので。それで魔王様には側近が一人増えたわけですし、ウィン・ウィンではないですか」

「ベルゼブブさんはロマンスのロの字も知らないんですね」

「左様です。休日は一人で酒を飲んでごろごろしていた存在など、ロマンスから最もかけ離れた奴でしょう」

あのヒラ役人の頃と比べれば、農相になってからの生活ははるかに充実している。

わらわは農相として権力を確立したし、それは魔王様も同じだ。

魔族の世界はこれまでで最も発展していると言っても過言ではない。

人間の国家などよりはるかに先を行っている。

はるか未来の歴史家は魔王様を名君と評価することだろう。結果だけ見れば名君なのだ。

あとはこれで魔王様にひっかき回されなければ、最高なのだが……。

「ベルゼブブさんみたいにノンキャリアの方を側近として使うという案は成功したんですが、ベルゼブブさんが独自進化を遂げすぎました。ままならないものですね」

「ままならないと言えば、せっかくの休日を、魔王様に割かないといけなくなったわらわも同じですな。旅行はわらわの趣味の一つなんですから、もっと満喫《まんきつ》させてほしいものです」

「もう許せません」

魔王様はすっくと立ち上がった。

それから、残っているお茶をきっちりと最後まで飲んで、ゆっくりとテーブルに置く。

「今日という今日は徹底してエスコートしてもらいますからね！　まずは買い物にお付き合いしてもらいます！」

わらわは失礼なのを承知で肘《ひじ》をついた。

「買い物はけっこうですが、魔王様、ほしいものなんて何もないのではありませんか？」

「ほしいものがなくても、買い物をすること自体に意味があるんです。ベルゼブブさんはそういう女の子の機微がなさすぎるんですから」

「ですから、そういう趣味に合うような姉役を求めてるなら、別のを探してくださいませ。というか――」

わらわは、じぃっと魔王様の顔を凝視した。

「わらわがそんな魔王様にべったり合わせるような性格だったら、それはそれで魔王様は嫌なんでしょう？」

「嫌です」

にっこりと笑って、魔王様は言った。

「そこは、わたくしに逆《さか》らうぐらいでないと意味がないですからね。わたくしに追従してるだけの方は普段から腐《くさ》るほど見ていますから！」

でも、そんな存在を振り回したくもあるというわけだ。

ややこしい……。あまりにも、ややこしい……。

わらわは大儀《たいぎ》そうに立ち上がった。

「それじゃ、ほかの町でも冷やかしましょうか」

「ですね。ここじゃ、人が多すぎるようですから」

魔王様は呑気《のんき》に店を出ていく。

お会計担当はもちろんわらわだ。

これは経費として落としてほしいところだが、魔王様いわく、二人でいる時のお金を経費にするのは姉役として論外ということになるらしい。

◇

わらわたちはそのあと、名前も知らない森の中に入っていった。

さすがにルート設定としてどうかと思ったが、魔王様がきれいな花が咲いてると言って、そのまま向かってしまったのだ。

移動し疲れた頃、ちょうど小さな山小屋みたいなものがあったので、ここで休ませてもらうことにした。向こうも客が来るとは思っていないから驚くだろう。

だが、我々のほうも驚いた。

住んでいるのはまだ幼児と言ってもよいような双子《ふたご》の娘だったからだ。

姉のほうはやけに元気なのだが、妹のほうはずっと本を読んでいた。

こんなに性格が違うのに、上手くやっていけているのだろうか。いや、よく知っているリヴァイアサンの姉妹も性格が違うけど、やっていけておるしな。

でも、ファートラとヴァーニアは上手くやっていけていると評価していいのだろうか……?

けっこう難しい問題だ。あんまり考えないようにしよう。

「おぬしら、親はおらんのか。二人では大変じゃろう」

「う～ん、ママはいると言えばいるんだけどね……」

元気なほうの娘も言いづらそうだった。

もしや、聞いてはいけないことを聞いてしまっただろうか?

「母親は倒す……。自分の仇敵《きゅうてき》……」

ずっと本を読んでいたほうの娘が言った。

わらわが考えているよりはるかに複雑《ふくざつ》な家庭環境らしい……。

「ところでお姉さん二人は、なんでこの森の中を歩いてるの?」

もっともな疑問だ。猟師《りょうし》ぐらいしかこんなところに用などない。

「デートですよ、デート」

魔王様はふざけて言っていたが、わらわはとくに表情を変えなかった。

「このお方は偉いのじゃが、わらわにずっとくっついてきておるんじゃ。おかげで休日じゃというのに、わらわに大きな仕事が降りかかっておる」

娘はとくにそれ以上、突っ込んで聞いてきたりはしなかった。

子供に事細かに言えることでもないし、ちょうどいい。

「わざと、人がいないところを歩いてみようかって思ったんですよ」

「それだったら」

いきなり本を読んでいたほうの娘が言った。

「このずっと先に、高原がある。そこはなかなかよいところだという。ただ、邪悪なる者が裏で支配しているけど」

邪悪なる者が支配している、か。

魔王様に向かって、なかなか面白いことを言う奴だ。

だが、魔王様はその点が気に入ったらしい。

「ありがとうございます。それじゃ、その高原に行ってみますね」

わらわたちは娘二人に礼を言って、そこを出た。

「ところで、目的地はずいぶん先らしいですが、どうやって行くのですかかな？」

「ベルゼブブさん、引っ張り上げて、飛んでくださいよ。できますよね？」

「……疲れはしますが、できなくはないですな」

わらわは腰を痛めそうだなと思いながら、魔王様をつかんで、飛んでいった。

◇

高原に点在している町や村はヴァンゼルド城より空気がおいしい。

それに乾燥しているせいか、肌がべたついたりもしない。街並みもきれいだ。

魔王様も結局、買い物など全然せずに楽しそうに通りを散策していた。

手をつなぐとわらわのほうが早足なので魔王様を連れ回す感じになる。

だけど、とくに文句はないらしい。それはそれでいいのか。このあたりの魔王様ルールはまったくわからない。

ただ、魔王様にも別の不満はあったようだ。

「このあたりは、娯楽が少なすぎますね～」

魔王様は低い塀に腰かけて、首をかしげていた。

とくに、その村は人口も少なく、必要最低限の店舗があるだけだった。

こんなところには吟遊詩人《ぎんゆう》も足を踏み入れないだろう。まして、邪悪なる者などいるとは思えない。暇《ひま》を持て余した冒険者が来ればいいほうだ。

「人口が少ないと、こうなるんでしょうな。その点、ヴァンゼルド城の城下町は人口が集積しておりますから、いろんな店舗がありますな」

「う〜ん、結局、地元が一番ってオチになってしまうのは寂しいですね〜」

「旅行で見る土地と地元を比べるのは、種類の違う野菜の味を比べるようなものですじゃ」

と、目の前に人だかりができはじめた。

誰《だれ》か有名人でも来たのだろうか。

輪の中心にいたのは、黒いとんがり帽子《ぼうし》をかぶっている若い女だった。

ただ、たんなる若い女にしては変な貫禄《かんろく》がある。世慣れているというか。

「ああ、あれはわたくしたちと同じような種類の方ですね」

そう魔王様が言った。

若い女は村人から「高原の魔女様」と呼ばれていた。

「なるほど。長命な魔女がこのへんを仕切っておるということですな。邪悪なる者というのはおおかた、あやつのことでしょう」

魔女の一部は不老不死の法を得て、長く生きている。

おそらく、この魔女もそういうたぐいなのだろう。

魔女にはうさんくさいのもいるから、邪悪と言えば邪悪かもしれない。

一方でその土地の長老のような立場の者であることも多いから、女よりはるかに年配に見える村人たちから慕《した》われている理由もわかる。

魔女は村人たちに薬を売っていた。典型的な魔女のあり方だ。表面上、邪悪な要素はどこにもない。

高原では深い森もないだろうから、薬作りを専門にするには不利そうだが、あの魔女にもなにかしら考えがあるんだろう。

やがて、魔女と話をしていた村人たちも去っていった。

人の数が減ったことで、魔女のほうがわらわたちに顔を向けた。

小さな村に見慣れぬ者が二人もいて、それが遍歴《へんれき》する冒険者のようでもなければ、目立っても仕方がない。

「あなたたち、旅人？　このあたり、何も見るものもないけど、逗留《とうりゅう》するには悪いところじゃないから、のんびりしていってね」

「そうじゃのう。そんなところじゃ。長命な種族でな、普通の人間の数倍生きておる」

数倍ではきかないのだが、ひとまずそんなふうに答えておけばいいだろう。

「そうなんだ。私も二百五十年とちょっと生きてるかな。薬も売るけど、大半はスライム倒したお金で暮らしてる」

「スライム倒した金ってずいぶん怠惰《たいだ》な生活じゃのう……」

ここまでのんびりしている魔女はあまり聞かない。

でも、ある種、わらわの昔の生活に似ているかもしれない。

「過去にいろいろあってね。働きすぎて死んだから、できるだけマイペースにやることにしてるわけ。二人みたいに旅をするのも悪くないかもしれないけどね」

その魔女はわらわたちのほうに近づいてきた。

「とくにこっちのあなたはすごく小さく見えるのに、旅だなんて偉いね。あなたみたいな妹がいたら、スローライフもまたアクセントになるかな」

ぽんぽんと魔女は魔王様のフードの上に手を置いた。

「いい子、いい子」

その瞬間、魔王様がすごい勢いで距離をとった。

「な、何事じゃ⁉」

魔王様のほうを見ると、顔が恐ろしくこわばっている。

出会ってはいけない者に出会ったような顔をしている。

「邪悪なる者というのは本当なのか……?」

魔王様が取り乱してしまうだなんて……ほぼありえないことだ。

この魔女、いったい何者だ⁉

しかし、その魔女はまったくの自然体に見える。

こっちを害しようという意思は見えない。

「いったい、どうしたの？　もしかして、頭を触《さわ》られると侮辱《ぶじょく》になっちゃうとか、そういうこと？　だったら謝るけど」

「いや、そんなことはないのじゃが……」

「な～んだ。よかった～」

その娘は今度はわらわのフードに手を突っ込んで、頭を撫《な》でた。

「あなた、長い角が生えてるね。獣人系の種族？」

わらわの体の毛がぞわりと立った気がした。

すぐにわらわも距離を置く。

「おぬし、ほんとに何者じゃ……。とんでもないものを感じたぞ……」

上級魔族だけが出す、隠しきれない力のようなものがこの女のところにあった！

原因はよくわからないが、魔王様もあの反応を示したし、何もないとは思えない！

「え？　え？　私はスライム倒して生きてきただけだし、そんな秘められた力とかないから！　長生きしてるだけの魔女だから！」

たしかに娘の言っていることにウソはないようにも聞こえる。

だが、これだけの力を持っているなら事を成すには十分のはず……。

まだ油断していい状況ではない。

「魔女殿、悪いが何もないというのであれば、わらわたちは今からこの村を出るから、追いかけたりしないでくれるか？　それをもって、おぬしに悪意がない証明としたい」

「は、はあ……。そりゃ、いいけど……。追いかける理由もないし……。なんか、釈然《しゃくぜん》としないいんだけど、あなたたちとこれ以上関わったらスローライフが崩壊しそうだし、絶対追いかけない。私は厄介事《やっかいごと》は避けて生きてるから」

「そうじゃな。その考えで間違ってはおらんぞ」

その間、魔王様は不安そうにずっと魔女のほうを見ていた。

◇

わらわはまだ怯《おび》えたようになっている魔王様の手を引いて、その村を出た。

本能的な警戒心みたいなものも次第に消えていった。

「魔王様、大丈夫ですかな？」

「はい。わたくしも落ち着いてきました」

だだっ広い高原の真ん中まで来ると、魔王様はぺたんと座り込んで、それから自分の頭に手を載せた。

「あの方に撫でられて、不思議な感じでした。すごく怖いと思って、ぞくぞくして……でも、そのぞくぞくが消えたはずなのに、まだドキドキもしてます……」

魔王様はてっきり青ざめた顔をしていると思っていたが、むしろ頬を紅潮させていた。

「そういえば、頭を撫でられることなんて魔王様はまずありえませんからな。慣れぬことで、びっくりされたのでしょう」

「う～ん、そういうのじゃない気もするんですが、上手く言葉にできないです」

落ち着いたと口では言うものの、いつもの魔王様の様子ではない。

魔王様はたいていの場合、笑っているのに、今は笑えていない。

――と、その時。

いくつか露骨《ろこつ》な殺気を感じた。

わらわは当然警戒した。さっきの魔女のこともある。

空を何人かの魔族が飛んでいる。

魔族の中でもホークマンとか鳥人《ちょうじん》とか呼ばれる者たちだ。

数は全部で五体か。

魔女はいないらしい。そして、五体の殺気を足しても、たかが知れている。

「魔王プロヴァト・ペコラ・アリエース！　お命ちょうだいする！」

連中は剣や槍を握り締めていた。

空から様子をうかがっていたわけか。

「一つ聞くぞ、曲者《くせもの》ども。お前らの仲間に魔女はおらぬか？」

予想外の問いだったらしく、ホークマンの一人が変な顔をした。

「知らん！　我々は魔族だけで構成されている！　今の魔王のぬるい政治を変える！」

「そうか、そうか。じゃあ、安心じゃ」

わらわはすぐさま魔法を唱《とな》えて――

目の前の二体を凍りつかせていた。

その頃には、魔王様が残り三体を大地に沈めていた。

何が起こったかよく見ていないが、きっと敵もよくわからないままにつぶされていただろう。

「はい、一丁上がりですね」

魔王様はぱんぱんと両手を合わせた。


「これで、暗殺者誘い出し作戦は無事終了いたしました♪　ベルゼブブさん、ありがとうございます」

「別に誘い出さんでも、しっかり城の中で護衛してもらっておれば、問題なかったんですがのう」

わらわはあきれながら言った。

とはいえ、気は休まってはいる。

だいたい、わらわが二体倒している間に、魔王様が三体倒しているのだ。

私に守られるほど魔王様は弱くない。

「だからって、ずっとお城の中というのはつまらないんですもの。なので、旅行が趣味のベルゼブブさんについていくことにしたわけです。これなら、暗殺者をおびき寄せられるし、一石二鳥でしょう?」

「わらわとしては、休日が実質仕事になるので、損なんですが」

今度は、魔王様は腕を組んできた。

「そこはわたくしと一緒にいられるから得したって思ってくださいよ」

調子のいい魔王様の笑顔を見て、わらわはこれからも翻弄され続けていくのだろうなと、いろいろ諦めた。

「得とまでは思えませぬが、損ではないぐらいには考えることにいたします」

「はーい。じゃあ、それで許してあげますね」

農相の仕事は楽しいが、命懸けの要素が少し多すぎる。

「わたくしのやり方を気に入らないって方も多いようですが、さすがにそろそろ全滅させられましたかね？　敵もどんどん弱っちくなってきてます。今回の方々なんてよく恥ずかしくもなく出てこられたなと思うぐらいですよ～」

「わらわとしてはその認識で合っているかと思いますが。魔王様の治世のうち、最初の五十年での暗殺未遂が最も多く、次の五十年で三分の一になり、今ではいたって平和です」

「もっともっと魔族の世界を面白くしていきますからね。手伝ってくださいね」

魔王様はわらわの手を正面からぎゅっとつかんだ。

「姉役は無理でも、政治のパートナーとしてこれからもわたくしを支えてください」

「はい、ベルゼブブは魔王様第一のしもべですじゃ」

あきれたように言いはしたが、この言葉に偽りはない。

わらわはわらわの運命を決めた相手にそう言った。

◇

「あの、我の顔に何かついていますか……？」

ライカにけげんな顔をされてしまった。

そりゃ、じっと見ていればそうなるか。

「いや、ふと思い出したんじゃが、ずっと昔、おぬしと手合わせをしたことがあった気がするんじゃよな。ロッコー火山の温泉はよく行っておったし、そんなこともあったような……」

「我は小さい頃から鍛《きた》えてはいましたが、なにぶん、昔のことは記憶があいまいなんです」

ライカも思い出せないらしい。別に思い出したからといって、どうということもない話だ。

「おそらく、親に『魔族の枕《まくら》投げ戦争事件』があった時と聞けばわかるかもしれんの。いや……あれはあまり掘り返したくもないので、やっぱりいい……」

あのあと、大臣会議でも叩《たた》かれたからな……。そっと封印しておこう。

「わたしなんて三日前に食べた料理のこと、忘れてますよ～」

「あなた、それはちょっと問題よ」

ファートラが妹のヴァーニアにきっちりとツッコミを入れていた。

今日は部下二人を連れて、高原の家に料理を食べに来た。

厚かましいとアズサに言われたが、こういう休日もたまにはよいだろう。普段は我々もしっかりと働いているのだ。

「ベルゼブブさん、また、本、買ってくれてありがとう」

シャルシャがぺこりと礼をしてきた。

それに続いて、ファルファも「数学の本、とっても面白かったよ！」と笑って言ってくれる。

「うんうん、わらわの家に来たらもっと本がたくさんあるぞ。なにせ、わらわは上級魔族じゃからの。屋敷も広いからの～」

「こらこらこら！　さりげなく娘を養女にしようとするな！」

アズサに釘《くぎ》を刺された。

なかなかどさくさにまぎれて養女にする作戦は成功しない。

「なんじゃい。実を言うとな、もしかすると、わらわはおぬしより二人に先に会っておるかもしれんのじゃぞ。森の小屋に寄ったことがあるような気がする」

「そんなの証拠も何もないし、なんとでも言えるじゃない。だいたい、二人の出身地って、ほんとに何の変哲もない森だよ。行く理由とかないでしょ」

「そういうのは縁みたいなもんで出会う時は出会うのじゃ。そういうもんじゃ。むしろ、おぬしにも会ってた気がせんでもないな。三十五年前、いや、もっと前じゃったか……」

「ニアミスしてたってこと？　覚えてないなあ。当時、私が強いって話も出回ってなかったよ」

アズサは何も覚えてないらしい。

わらわもそれは似たようなものだ。おぼろげに会った気がするだけだ。

「一回、フラタ村に行ったことがあったと思うんじゃが、世界中を巡っておったから、いつの時かはっきりせんのう」

「ふうん。あなたの旅行好きは知ってるけど、フラタ村に来ることなんてあるかなあ……。まあ、過去のことなんて考えてもしょうがないよね。今と未来を考えたほうがいいよね」

「その割り切り方はおぬしらしいのう」

わらわは感心しつつ、酒を飲んだ。

一人で飲む酒もそれはそれでいいが、誰かと話しながら飲む酒もいいものだ。

「そうです。過去のことよりも未来のほうが大事です」

ファートラが同意した。

「私としても、今後もベルゼブブ様が立派に農相として職責をまっとうしてくだされば、それでけっこうです」

それは、大昔は職責をまっとうできてなかったということへの当てつけか。

「でも、ベルゼブブって、どうせ生まれた時からこんな調子で偉そうだったんでしょ。貴族の生まれで、わらわはすごいのじゃって胸張って、ずっとずっと生きてるんでしょ？」

アズサに変な思い込みをやめろと言おうかと思ったが、やっぱり黙っておくことにした。

「少なくとも、ヴァーニアは生まれた時からおっちょこちょいでした」

「えっ⁉　なんで、わたしがディスられる流れにされてるんですか⁉」

ヴァーニアが姉のいきなりの攻撃に抗議した。

「最初に発した言葉は『ミスった』でしたから」

「そんなわけないでしょ！　話を盛らないでくださいよ！　初耳ですよ！」

「真偽は不明じゃが、ヴァーニアがおっちょこちょいなのは事実じゃ」

「上司もかぶせてくるのやめてくださいよ！」

ここは上司としてファートラの援護射撃をしなければならないところだ。

「は〜。あなたたちって上下関係があるのに仲いいよね」

うらやましそうにアズサは言った。

「私も理解のある上司がいたらな〜って思うよ。それこそ考えてもしょうがない過去のことだけど」

「そうですね。上司に向上心があるかどうかで、部下のあり方も変わってはきますね」

ちらりとファートラがわらわのほうを一瞥《いちべつ》した。

「最初は全然ダメでもいいんです。でも、ダメであることを自覚していれば、成長することもできますから。人生っていうのは長いものですから」

「なんか、今日のファートラはよく語るね」

「他意はありません。あくまでも一般論を話しているまでです」

少し、ファートラが微笑《ほほえ》んだように見えた。

わらわは心の中で「ありがとう」と言った。

回り道もたくさんしたし、考えもしてなかった大臣にされもしたが……。

トータルで見れば、わらわは幸せだ。

その時、ヴァーニアが「あっ、ミスった」と口走った。

「おい、ヴァーニア、怒るから言うてみよ」

「いえ、そこは怒らないから言ってみろってところですよね……？」

「とにかく言え……」

「昨日までに提出しないといけない書類、出し忘れてました……」

わらわは立ち上がって、さっとヴァーニアの側頭部をぐりぐりした。

「痛い、痛いっ！　職場内暴力ですよ！」

「心配いらん。ここは職場ではないからの！」

「え～ん！　できれば、ミスをしても怒らない上司になってほしいです～！」

「お前がミスをしないようになればよいだけじゃろ！」

農相の仕事、今後もいくつも問題が起こりそうだ……。

終わり

# あとがき

はじめまして、森田季節《もりたきせつ》です！

――と言ったものの、はじめましてじゃない人のほうが多いかもしれませんね。

初見じゃない方はお久しぶりです、森田です。

本作、「ヒラ役人」（名前が長いのでこう呼びます）は「スライム倒して300年」（こっちも名前が長いので省略します）のスピンオフ小説です。本編「スライム倒して300年」は原作小説がGAノベルから十巻まで、シバユウスケ先生によるコミカライズがスクエニさんから五巻まで発売中です！　原作の続きが気になる方は、「小説家になろう」でも読めますので、こちらもぜひご覧ください！


さて、この本の表紙をごらんいただければわかるかと思いますが、「スライム倒して300年」に出てくる魔族の農相ベルゼブブのお話です。

元々、この「ヒラ役人」もガンガンGAさんなどで連載していたのですが、ありがたいことにたくさんの方に読んでいただくことができ、大幅に新規エピソードを入れたうえで独立した小説として刊行することができました！　本当に、本当に、ありがとうございます！

新規エピソードでは、ベルゼブブの両親が登場したり、ペコラとのスキンシップが増えたりしています。とくにベルゼブブの両親は「スライム倒して３００年」本編にもまったくいないタイプのキャラなので、書いていて楽しかったです！

紅緒《べにお》先生のイラストも、新規で大幅に追加されてますので、こちらも合わせてお楽しみください！

そして、この「ヒラ役人」の小説刊行と同時に、村上《むらかみ》メイシ先生によるコミカライズ一巻も発売されます！　こちらもよろしくお願いいたします！

コミカライズのほうは秘書のヴァーニアのちょっと抜けてるところや、魔王ペコラのいかにも何か企《たくら》んでますといった表情など、文字だけでは表現しきれなかったところを、村上先生が見事に絵にしてくださっています。本当にこちらもおすすめです！

また、「スライム倒して３００年」本編のコミカライズ五巻も同時発売です！　こちらも表紙にベルゼブブが出ていますので、もはやベルゼブブ祭り！

ということで、今月は「スライム倒して３００年」関連作品が三冊も出るわけですね。スライムが増殖するがごとく、これからもどんどん、この作品の世界が広がってくれれば、作者としてこんなにうれしいことはありません。

せっかくなので、なんで最初にベルゼブブのスピンオフを書きだしたのかという経緯をお話しします。

まず、コミカライズが連載されているガンガンＧＡさんで、何か同じ世界観の小説も載せないかというお話をいただきました。それで僕が「スライム倒して３００年」の中で一番好きなキャラクターがベルゼブブだったので、ベルゼブブの話にしました（経緯と言った割にはすぐに終わってしまった）。

ほかにも、主要キャラのうちでベルゼブブだけが、魔族の土地という主人公たちとは違う場所で暮らしているから書きやすいとか理由はあったのですが、ベルゼブブが好きだったという理由がデカいです。

あと、同じスピンオフ作品では、ハルカラ外伝「エルフのごはん」と、ライカ外伝「レッドドラゴン女学院」があります。

どちらもスマホの漫画アプリの「マンガＵＰ！」にて、なぜか小説なのに配信されております。また、ハルカラ外伝のほうは原作小説八～十巻の巻末にも二話ずつ収録しております。

ほかのスピンオフ作品もよろしくお願いいたします！

次は「スライム倒して３００年」の原作小説十一巻でお会いできれば幸いです。こちらは十二月発売予定です！

最後に謝辞を。「スライム倒して３００年」本編に引き続き、イラストを担当してくださった紅緒先生、本当にありがとうございました！　ベルゼブブにとどまらず、今まで見られなかったリヴァイアサン姉妹の様子もうれしいです！

その他、スピンオフも本編同様応援してくださった皆様も本当にありがとうございます！　皆様のおかげで独立した本として出版することができました！　今後とも本編もスピンオフもよろしくお願いいいたします！

追記です。

この次のページからおまけエピソードがスタートします。こちらも楽しんでもらえれば幸いです。

このスピンオフ小説本編の最終章は、ほぼ「スライム倒して３００年」の主人公であるアズサの時間軸から見ると過去になるんですが、おまけのほうは現在のお話です。

それではまた、どこかでお会いしましょう！

地方の駅前で唯一やってるシャレたラーメン店で注文したら、まさかの二郎系だった

森田季節

おまけ

# 弱味を握られたのじゃ

A Deal with the Devil, Her Dark Ministry, Bumped-Up Beelzebub

出勤すると、ヴァーニアがやけに楽しそうに何かを見ていた。

大きな本のようだ。ファートラならともかく、ヴァーニアが読書をするというのはあまりない光景である。

なお、ファートラのほうは、コケの箱庭をいとおしそうに眺めている。それはそれで異様だけど、他人の趣味にケチをつける必要もない。

あのヴァーニアが勉強をしているのか？　あっ、でも真面目《まじめ》な本ではないっぽいな。やたらと顔が笑っているからだ。

「ヴァーニア、おぬし、いったい何を読んでおるのじゃ？　――いや、見ておるの間違いか」

少し横からのぞいてみたが、ページいっぱいに絵が載っている。画集のたぐいだろうか。

「すっごく興味深い内容です。人に歴史ありですね～」

「つまり、なんじゃ。わらわにも見せてみよ」

しかし、ヴァーニアが本をさっと閉じた。

「あの、上司はあまりご覧にならないほうがいいものだと思いますので……」

「余計に気になるわ！　っていうか、そんなことされて、じゃあ、見ないようにしようって考える奴《やつ》のほうが少数じゃぞ」

「いえいえ、これは本当に上司のためを思って、言ってるんです！　このヴァーニア、ウソをつく時もありますが、今は本音です！」

ヴァーニアがぎゅっと本を自分の胸に押しつけるようにして言った。

なんとしてでもわらわに見せてなるものかといった態度だ。

「そうか、そうか、そこまでわらわのことを考えてくれておるのじゃな。わらわはうれしいぞ」

「上司、わかってくれまし――」

わらわはさっと、ヴァーニアの本をひったくった。

「あっ！　騙《だま》しましたね！」

「ウソをつく時もあるとはっきり公言してから、本音ですと言われても信用できんわ！　わらわに確認させせよ！」

どうせ、そんなにまずいものでもないだろう。いくらヴァーニアでもそんな深刻な内容のものなら、この部屋で開かないはずだし、楽しそうな顔で見ることもできない。

わらわが本を開くと――


ヒラの役人時代のわらわの肖像画が載っていた。

一言で言うと、幸薄《さち》そうな顔をしている。低血圧なのか、すごくつまらなそうだ。それと、当時はメガネをかけていたな。

いかにも、下っ端の役人ですということがありありとわかる絵だ。

「ぬぬぬ……」

「あっ、あああ……上司が驚きと怒りとその他もろもろの感情で、どういう顔をしていいか迷ってるような顔になっています！」

たしかに、わらわもどういう反応をとればいいのかよくわからん。

「バカね、ヴァーニア。そういうのは、しっかり隠しておかなきゃダメって言ったじゃない。私は知らないから」

ファートラが他人事みたいに言っているが、この発言からするとファートラも何か知っていることは間違いない。

ほかのページをめくってみる。

わらわが田舎《いなか》にいた頃の、全然ぱっとしない肖像画が何枚も並んでいる。

なんだ、この生き恥《はじ》のかたまりみたいな本は……！

わらわはすぐさま、ヴァーニアを締め上げた。

「おい、これをどこで入手したか教えよ。すべて吐けば、楽にしてやるのじゃ」

「上司、怖いです、怖いです……」

この本がとんでもないものなのは間違いないが、こんなものをヴァーニアが持っている時点でおかしいのだ。

と、後ろのファートラから答えが来た。

「原本は御両親のものです」

「そうじゃ！　出どころはほかに存在せん！　あやつらっ！」

ここにある肖像画は、すべて親が金を出して、記念に肖像画家に描かせたものだ。

後ろにさかのぼるにつれて、古いものになって、ものによっては「入学記念」なんて文字も書いてある。

しかし、どの絵もすべてつまらなそうな顔をしているな……。そんなに長期間、つまらない日々を送っていたのか、過去のわらわは……。

「だいたいわかったのじゃ。親が、過去の肖像画の模写を冊子状にして、農務省に送ってきおったということじゃな……。イヤガラセかっ！」

こんなので娘が喜ぶと思っているのだろうか。自分が同じことをされた時のケースを想像してほしい。

しかし、別の次元でも腹の立つところがあった。

「これ、明確にわらわ宛てに送られてきたもののはずじゃぞ。秘書官といえども、先に目を通すでない」

農相に直接送りつけてくる郵便物は嘆願書《たんがんしょ》や脅迫文の可能性もあるので、事前に省の担当者が確認をする。無論、それは通常の業務の範囲である。

しかし、それが大臣室に届いたのなら、あくまでもわらわ宛てのものはわらわが最初に読むべきであって、秘書官が先に読んでいいものではない。

それは役職でどっちが上といった問題ではない。

他人の郵便物を勝手に見るなという倫理の問題だ。

「ヴァーニアよ、おぬしはこんな当然のモラルも守れんのか。正直、がっかりしたわ。査定に影響させる」

「待ってください！　事情の確認もせずに失望しないでくださいって！　わたしだって上司宛ての郵便物を先に見たりはしませんよ！」

言い訳をする気か。

じゃあ、その言い訳でわらわを納得させてみるがいい。

「ほう、では、なんでおぬしはこの忌まわしい記録を見ておったのじゃ？」

過去にもうちの親は手紙を農務省に送ってきたし、その線しかないだろう。

その時、がちゃりとドアが開いた。

「ごきげんよう、皆さん♪」

ノックもなしに入ってきたのは、魔王様だった。

げっ！

今、最も会いたくない人かもしれない。

こんな過去の危険なアイテムを見られたら、絶対に笑われる！

否、笑われるぐらいいならいいが、悪用されるっ！

わらわはその黒歴史の肖像画集を、すぐさまひきだしに入れた。

「魔王様、わざわざ農務省にいったい何のご用件で……？」

なんとしても、バレないように対処しなければ。

「あ～、ベルゼブブさんはあまり聞かないほうがいいことですよ～」

無邪気な笑みで（本当は確実に邪悪な意図があるが）魔王様が言った。

「そんな言い方されたら、聞くしかなくなるではありませんか！」

「だって、ベルゼブブさんの昔の肖像画ですよ？」

「すでに知られておった！」

さすが魔王様……。わらわ程度の力では隠し通すことなどできぬということか……。

「知られているも何も、肖像画の模写をくださいとベルゼブブさんの御両親にお願いしたの、わたくしですから～♪」

にっこりと魔王様が微笑んでいる。

それですべての謎が氷解した。

ヴァーニアがウソをついてないこともわかった。

最初から魔王様がわらわの親と交渉して、この本は入手したというわけだ……。

「御両親は快諾してくれましたよ～♪」

わらわは怒りのやり場に困って、突っ立っていた……。

親でなかったら滅ぼしている……。

なんちゅうことをしてくれたんだ！

しかし、短慮はかえって自分への害となる。ここは善後策を考えねばならない時だ。

この肖像画の本を早く焼き捨てねば、さらに悪用されることになるぞ。

それこそ、高原の家に持っていって、アズサたちに見せるなどと言い出されると取り返しがつかん。

わらわの培《つちか》ってきたイメージが崩れる！

それだけは阻止しなければ！

「あ、あの～、魔王様、わらわも久しぶりに思い出にひたりたいので、もうちょっとお借りしてもよろしいですかな……？　温かい暖炉のそばで見たい気分ですじゃ」

「いいですよ～。じっくりひたってください♪」

おお、チャンス到来だ。魔王様が注文したものといえども、わらわの記録じゃからな。すぐ返せとは言えないということか。

「その本、せっかくなので十部ほど作っているので、一部ぐらい差し上げますよ」

先手を打たれていたっ！

◇

埒《らち》が明かないので、わらわはその日の勤務時間後、魔王様の部屋を訪れた。

用件は決まっている。

「あの本をすべて焼き払ってくだされっ！」

わらわは部屋に通されると、すぐに頭を下げた。

「え～、今度、高原の家に持っていって、アズサお姉様たちと一緒に見ようと思ったのに～」

来客用の席に座っている魔王様はわざとらしく口をとがらせて言った。

それこそ最も恐れていたことだ！

「それだけは、それだけは……。高原の家の者たちはわらわの過去の姿は知らぬのですじゃ……」

「それだけ大臣になって成長したということですよ。素晴らしいですね。その成長を見てもらいたいですね～」

「いいように表現されておりますが、やろうとしてることは黒歴史の公開そのものなのですじゃ！」

考えろ、考えろ。

魔王様相手に誠心誠意頼み込んでも意味はない。ここはわらわの過去などどうでもいいと思わせるのだ。

「魔王様、ほら、今の姉役候補は高原の魔女アズサでありますな？」

魔王様はくちびるに人差し指を当てて、少し思案しながら、

「そうですね、アズサお姉様ということになりますね」

と答えた。

「ならば、わらわは姉役は卒業しておるということ！　わらわをもてあそぶような手段は不要かと！」

そう、もはやわらわは魔王様の姉役などというものはしなくていいのだ。

それは魔王様と戦って勝利し、しかも叱る時は叱るという、まさしく姉役らしい姉役のアズサのものになっている。

けれど、イタズラっぽい笑みを浮かべると、魔王様はすっと椅子《いす》から立ち上がり――

わらわの右肩にぽんと左手を置いた。

「お姉様」

「いえ、わらわはもうお姉様ではないはず――」

「お姉様は何人いてもおかしくないですよね?」

そう来たか！

「第二のお姉様として、今後もよろしくお願いしますね、ベルゼブブさん♪」

わらわは力なく、「は、はい……」とうなずいた。

所詮、魔王様の魔の手からは逃れられぬ運命なのだ……。

「まあ、姉役をやめないということなら、この本は高原の家に持っていかないことにしましょうか」

絶望していたわらわの顔に一筋の光が差した。

「ほ、本当ですか！」

「ええ、お姉様を裏切るようなことはあんまりいたしません」

そこそこは裏切るという意味にしかなってないが、ここは大丈夫だと信じよう。

わらわは魔王様の部屋でお茶をごちそうになってから、部屋を辞した。

痛々しい過去の拡散はしないとおっしゃってくれて助かった。

やはり、魔王様は心の底ではやさしい方なのだ。

……。

…………。

わらわは廊下で足を止めた。

「いや……これは魔王様は脅しに使えるカードをずっと持っておるということじゃ……」

よく考えたら、何も解決などしてない！

GAノベル

スライム倒して300年、
知らないうちにレベルMAXになってました　スピンオフ
ヒラ役人やって1500年、
魔王の力で大臣にされちゃいました

2019年9月30日　初版第一刷発行

著者　森田季節

発行人　小川 淳

発行所　SBクリエイティブ株式会社
〒106-0032　東京都港区六本木2-4-5
03-5549-1201　03-5549-1167（編集）

装丁　AFTERGLOW

印刷・製本　中央精版印刷株式会社



ISBN978-4-8156-0116-4
Printed in Japan

ファンレター、作品のご感想をお待ちしております。

〒106-0032　東京都港区六本木 2-4-5
SBクリエイティブ株式会社
GA文庫編集部 気付

「森田季節先生」係
「紅緒先生」係

本書に関するご意見・ご感想は
下のQRコードよりお寄せください。
※アクセスの際に発生する通信費等はご負担ください。

https://ga.sbcr.jp/

スライム倒《たお》して300年《ねん》、知《し》らないうちにレベルMAX《マックス》になってました
She continued destroy slime for 300 years
コミカライズ
異世界でゆったり最強やってます。
原作：森田季節
(GAノベル／SBクリエイティブ刊)
漫画：シバユウスケ
キャラクター原案：紅緒
最新第5巻!!!
大好評発売中！

異世界でなぜか大臣やってます。
スピンオフコミカライズ
ヒラ役人《やくにん》やって1500年《ねん》、魔王《まおう》の力《ちから》で大臣《だいじん》にされちゃいました
A Deal with the Devil, Her Dark Ministry, Bumped-Up Beelzebub
原作：森田季節
(GAノベル／SBクリエイティブ刊)
漫画：村上メイシ
キャラクター原案：紅緒
最新第1巻!!!
ガンガンONLINEで連載中♥

それは、
「書く」魔法。
進化しました!
第12回 GA文庫大賞
イラスト/紅緒
GA文庫では10代～20代のライトノベル読者に向けた
魅力あふれるエンターテインメント作品を募集します!
大賞賞金 300万円 + ガンガンGAにてコミカライズ確約!
◆募集内容◆
広義のエンターテインメント小説(ファンタジー、ラブコメ、学園など)で、日本語で書かれた
未発表のオリジナル作品を募集します。希望者全員に評価シートを送付します。
※入賞作は当社にて刊行いたします。詳しくは募集要項をご確認下さい。
応募の詳細はGA文庫公式ホームページにて
https://ga.sbcr.jp/